# The King of Red Genies

廣嶋玲子

# 赤の王

東京創元社

# 赤の王

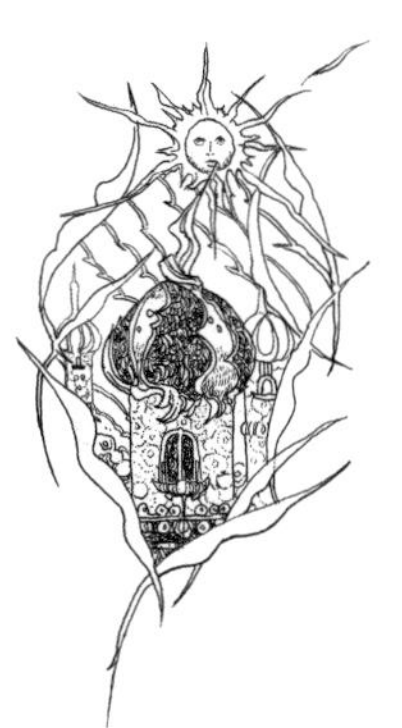

# 登場人物

マハーン……タルク人の街に住む少年
トハ…………マハーンの母
シャン………炎を操る力をもつ少年
ドルジ………シャンの親方。鍛冶職人
カーン………ナルマーン王家の復興を目指すダーイラムの頭領
ラディン……カーンの乳兄弟、腹心
ヤジーム……ダーイラムの魔法使い
タスラン……赤いサソリ団の首領
アイシャ……タスランの妻
タンサル……赤いサソリ団の若者
テンジン……猿小人
バッサン……赤いサソリ団の一員
ラシーラ……赤いサソリ団の前首領
イルミン……白の眷属の魔族
モーティマ……赤の眷属の魔族

サルジーン……ナルマーンの凶王（きょうおう）
セワード……ナルマーンの前王
赤の王……赤の眷属の魔族を統（す）べる魔王

# プロローグ

夜。

大砂漠のある場所で、大きな隊商が野営をしていた。あちこちに天幕が張られ、明るくかがり火がたかれ、ラクダや馬は身を休めている。

と、一人の女が、天幕から外へと出てきた。女は若く、身重だった。

はちきれんばかりに膨(ふく)らんだ腹を抱えながら、女は夜の大砂漠を見た。天空は無数の星々で身を飾り、その光を受けて、地上の砂丘もちらちらと輝いている。たいそう美しい眺めだ。

何か不思議なことが起きる前触れのような、神秘的な気配が高まっていくのを、女は感じた。

願わくば、それがもうすぐ生まれてくる我が子を祝福するものでありますように。

そう祈った時だ。

夜空に新たな星が現れた。それは真っ赤な長い尾を翻(ひるがえ)しながら、ゆっくりと空を走っていく。

夜空を横切る流れ星を見て、女は思わずつぶやいた。

「火の馬が走っていく……」

その声。その言葉。その鼓動。

自分の全てが、誰かと重なるのを感じた。

だが不思議だと思うよりも早く、激しい痛みが腹にさしこんできた。

女のうめきに、あちこちの天幕から人が飛び出し、集まってきた。

その日の明け方、女は一人の赤子を産み落とした。

黒髪黒目の両親から生まれたその子は、紅玉(こうぎょく)のような赤い目と炎のような赤い髪を持っていた……。

# 1

東、大砂漠から山を一つはさんだところに、小さな町バヤルはあった。

ここはタルク人の町だった。

薄い蜂蜜色の肌に、細く切れ長の灰色の目、まっすぐな黒髪を持つタルク人。小柄で、手先が器用で、美しい物より役立つ物を生み出すことに長けた彼らは、大砂漠と東の大国シンとの間に住まう職人一族として、それなりに名をはせていた。

だが、バヤルには一人、まったくタルク人らしからぬ見た目の少年がいた。

その少年は、褐色の肌に黒い巻き毛、大きな黒い目を持ち、彫りの深い顔立ちだった。背も高く、まだ十三歳だというのに、すでに大人のタルク人達を追い越しそうだ。

少年の名はマハーン。父は大砂漠の民、母はタルク人という混血の子だった。

十四年前、ある隊商がバヤルに立ち寄った。その隊商についていた若き傭兵は、バヤルの機織り娘の一人トハを口説き、多くの夢物語を聞かせて、トハを夢中にさせた。そしてまた戻ってくると誓いを立て、隊商と共に去っていき、今日に至るまでその姿を見せてはいない。

だが、残されたトハは信じて待った。腹には彼の子供が宿っており、自分は彼の正当な妻だと言ってはばからなかった。

そうして生まれてきた男の子を、トハは「マハーン」と名づけた。愛しい男と同じ名だ。それは大砂漠では王族の名であり、傭兵は自分は王家の血を引いていると言っていたからだ。

タルク人と大砂漠の民の血を引くマハーンは、成長するに従い、自分は孤独なのだと理解していった。彼は耳の形まで父親に生き写しだった。母に似ていれば、少しは町に溶けこめたかもしれないが、生粋（きっすい）のタルク人達の中で、その姿はひどく目立ったのだ。

さらに悪いことに、トハは我が子を特別視した。タルク人の子は、八歳になればあちこちの職人に弟子入りし、様々な技を学ぶことになっている。だが、マハーンを溺愛（できあい）するトハは、息子が職人の徒弟となることを許さなかった。

「おまえは王族なの。いつかおまえのお父さんが私達を迎えに来るから。その時に、息子がれんが作りや荷車の修理などをしていたら、あの人はどれほどがっかりするかわからない。おまえは砂漠の国のことを学びなさい。いずれ、あそこがおまえの国になるんだから」

そう言って、トハは町に立ち寄る隊商から西の書物を譲ってもらっては、マハーンに与えた。字を覚えさせ、楽器を習わせた。一人息子には労働をいっさいさせず、自分が機織りをして生計を立てたのだ。

それがいっそうマハーンを孤立させた。

トハのことを、「捨てられた女のくせに高慢ちきだ」とののしる者は多い。「異国人の甘いささやきにたぶらかされたりして、タルク人の恥さらしだ」と、はっきり言う者もいる。

彼らにしてみれば、マハーンは素性の知れぬ異国人の落とし子だった。バヤルの町で生まれた子であっても、生まれながらのよそ者と同じ。

大人がそういう態度なのだから、子供達がマハーンを受け入れるはずがない。

マハーンは誰からも憎まれた。

こんなのは嫌だ。せめて自分をどこかの店に奉公に出してくれ。そうすれば、少しはみんなに受け入れてもらえるはずだ。

泣きながら母に頼んだこともあったが、その時は母に嫌というほどぶたれた。

「お、おまえは！　私の希望なのよ！　他の連中とは違う。おまえの体には王族の血が流れているの！　あの人の血が！　だから、二度と言ってはだめ。バヤルの卑しい連中なんて、自分から切り捨てなさい。……大丈夫。お金のことなんて心配しなくていいから。おまえは私が立派に育ててみせる」

その言葉どおり、トハは他の機織り女の二倍も働くようになった。だが、そんな無理がいつまでも続くはずもない。トハはすぐに体を壊し、母子はトハの兄の家に厄介にならざるを得なくなった。

ここもまた地獄だった。

トハの兄は母子を物置小屋に住まわせてくれたが、本当にしぶしぶだった。その妻子も、二人に対する軽蔑と怒りを隠さない。

町にも、親族の家にも、マハーンの居場所はどこにもなかった。母のそばですら、息苦しかった。

ある夜、マハーンは激しい衝動に襲われた。

まわりのもの全てを打ち壊してしまいたいという欲望。間違っているとわかっているのに母に逆らえない自分に対する怒りとふがいなさ。

衝動は嵐のように激しかったが、少年はなんとかそれを抑えこみ、外へと逃げ出した。人通りの少なくなった町の通りを突っ切り、マハーンは町の外へと出た。

バヤルの町のそばには、小さな沼地がある。水草が多く、独特の生臭さを放つ沼地で、ここに来る者はめったにいない。最近は小さな魔物が棲みついたという噂もあって、余計に人の足は遠のいていた。

だからこそ、マハーンはここが好きだった。本当の自分をさらけだせる唯一の場所なのだ。

振り返れば、暗闇の向こうに、ちらちらと町の明かりが見えた。それぞれの家に灯る明かりだ。

だが、あんなにたくさんあっても、マハーンを迎える光はない。どこにも居場所はないのだ。

母のことは心から愛しているが、時々無性に憎らしく思う時もあった。

愛する男はいずれきっと戻ってくる。自分達を迎えに来てくれる。きらびやかな装束に身を包み、さっそうと馬にまたがって。

目をきらめかせてそう語る母に、マハーンは言い返しそうになる。

そんなことは起きるものかと。

その男は自分達を捨てたのだ。十四年間も戻ってこないのだから、そう考えるのが当たり前だ。

現実を見るべきだ。自分達はタルク人の町にいる。タルク人として生き、そのしきたりに従い、溶けこむべきなのだ。

だが、言葉はいつも喉で止まってしまう。母を絶望させたくないというのもあるが、なによりマハーン自身がその幻想や希望を捨てきることができないからだ。

もしかしたら、本当に父が戻ってきてくれるかもしれない。そのことを想像すると、心が慰められた。

馬にまたがっていなくとも、宝石で身を飾っていなくともいい。ただ自分達を迎えに来てくれるなら、それだけで十分だ。なのに、どうして来てくれない？　やはり捨てたのか？　いや、もしかしたら、大砂漠で起きている戦火に巻きこまれているからではないだろうか。

マハーンは西を見た。星空を背にして、黒い山影がくっきりと浮かびあがっていた。あの向こうにあるのが、大砂漠だ。

今、大砂漠では、凶王(きょうおう)サルジーンが日々その魔手を広げているという。かつて、彼はナルマーンという都の将軍で、王の乳兄弟だった。だが、その王に突然謀反(むほん)を起こし、玉座を奪い、ナルマーンを我がものにした。それればかりか、次々と近隣の領土に襲いかかるようになったのだ。

この二十年の間に、主だった都や国がサルジーンの手に落ちた。まだ抵抗している者達もいるが、遅かれ早かれ、この王が大砂漠の全てを手に入れるだろう。そうなったら、その底なしの欲望は、ここ、東の地にも向けられるのではないか。

年寄り達がそう話しているのを耳にした。

「父さんが本当に王族なら……もしかして、サルジーン王に襲われ、捕虜になってしまっているのかも。だから、ぼくらのところに戻れないのかも」

噂によると、サルジーン王は黒い竜の手を持ち、悪魔から手に入れた魔石を左目にはめこんでいるという。深紅の奇怪な甲冑をまとい、行く先々を血と炎で染め上げるため、「赤の王」とも呼ばれ、またそう呼ばれることを好むのだとか。

「ぼくがもっと大きかったら……戦に出て、一騎打ちで王を倒して、大砂漠に平和をもたらしてやるのに」

そして、人々を解放し、牢につながれ弱っていた父を助け出す。マハーンの名乗りを聞いて、父は我が子だと気づき、強く抱きしめてくれることだろう。

そんな想像に溺れながら、マハーンは懐から笛を取り出した。優美な彫刻が施された細い横笛で、父が残していったものだという。

幼い頃から、マハーンはこの笛を吹くことで、慰めを得てきた。誰の手ほどきも受けぬまま上達し、今ではかなりの腕前だ。

マハーンは笛に口をつけ、吹き始めた。調べが物悲しくて狂おしいのは、奏者であるマハーンがそう感じているからだ。

来い。来てくれ。ぼくを助けて。誰でもいいから。

少年の想いを乗せて、横笛の澄んだ音色は沼地の奥へと吸いこまれていく。

だが、ふいに後ろで足音がした。振り向き、マハーンは青ざめた。

従兄のカヤルがそこにいた。その友達のタウとテュダも並んでいる。この三人はマハーンと同い年だ。マハーンのほうが背は高いが、三人とも石工の見習いだからか、がっちりとした体格で、腕も太い。その三人が、細い目をつりあげ、憎々しげにこちらを睨んでいる。とりわけ、カヤルの目には青白い憎悪が燃えていた。

「これはこれはマハーン殿」

カヤルはわざとらしく声をかけてきた。

「夕飯のあとに、家事を手伝いもせずに、優雅に笛を吹いていらっしゃるとは。なあ、タウ？　砂漠の貴公子様はいいご身分だよな。テュダもうらやましいと思わないか？」

「まったくだよな。俺らなんて毎日重たい石を運んで、のみや金槌を一日中振るっているってのに。こちらの貴公子は笛くらいしか持たない」

「その笛で金儲けするわけでもないから、楽師とも言えない。だいたい、読み書きができるくせに、帳簿つけ一つ手伝わないなんて。カヤルの親父さんのとこに厄介になってるくせによ。俺だったら恥ずかしくて、とても居られないぜ」

三人の言葉に、マハーンは頬が燃えるように熱くなった。だが、一言も言い返せなかった。そのとおりだと、自分でも思ったからだ。

マハーンは笛をしまい、そそくさと立ち去ろうとした。その腕を、カヤルがぐっとつかんできた。

「待てよ。話はまだ終わってないぜ」

マハーンは振り払おうとしたが、次の瞬間、腹を蹴られてしまった。痛みにうずくまると、カヤルがかがみこんできた。怯えるマハーンに、カヤルは憎しみをこめて吐き捨てた。

「怠け者で、ただ食うだけしか能がない。なにが貴公子だ。ふざけるな。おまえらのせいで、うちの親は毎日喧嘩してるんだ。親父の優しさにつけこんで、好き勝手しやがって！　少しは何か働いて、恩を返そうって気にはならないのかよ！」

「か、母さんが……」

「ああ、叔母さんがおまえにやらせないんだよな？　だけど、おまえ、十三歳だろ？　ここにいる全員がそうだ。タウを見ろ。親父がいないから、一日でも早く一人前になろうと、がんばってる。恥ずかしいと思わないのかよ？」

がっと、今度は頬を殴られた。口の中に血の味が広がるのを、マハーンは感じた。

だが、もはやカヤルは止まらないようだった。二度、三度と、さらにこぶしを振るう。

マハーンは助けを求めてタウやテュダを見たが、二人とも冷めきった目をこちらに向けてくるだけだった。

「おまえらはタルク人の恥さらしだよ。おまえらと血がつながっているってだけで、俺は肩身が狭いんだ。死ねよ。じゃなきゃ出ていけ。おまえだけでいい。叔母さんは一応身内だからな。異国人にだまされた馬鹿で哀れな女として、このまま黙って養ってやるさ。でも、おまえは違う。おまえはタルク人じゃない。見た目のことを言ってるんじゃないぞ。魂が違うって言ってるんだ！」

鼻血まみれになっているマハーンを、カヤルは沼の水辺へと引っぱっていった。

「出ていけ。失せろ。……おまえが出ていくまで、毎日、ここの泥を腹いっぱい食わせてやるからな」

そう言って、カヤルはマハーンの頭をつかみ、浅瀬の柔らかくて生臭い泥へと、マハーンを押しつけようとし始めた。

マハーンは必死であらがったが、ここでタウとテュダがカヤルを加勢しだした。三人に手足を押さえつけられ、なすすべもなく顔が泥に近づいていく。

あきらめかけ、マハーンが大きく息を吸いこんだ時だ。

ばちばちっと、奇妙な音がした。

「おい！」

「な、なんだあれ！」

いきなり、マハーンは自由になるのを感じた。慌てて立ちあがってみれば、カヤル達は沼の奥を見ていた。マハーンもそちらを向き、ぎょっとした。

火花が見えた。赤と金の火花が、まるで踊るように空中を走ってくる。それはあっという間にこちらにたどりつき、カヤルの服の袖に飛びついた。

ぼうっと、カヤルの服が燃えだした。

「うわああっ！」

「カヤル！」

「ほら、水！　こっちだ！」

混乱するカヤルに、タウとテュダが沼の水をかけようとした。だが、そうする前に、火はタウ達にも燃え移った。たちまち三人の少年は、沼に飛びこむはめとなった。

不思議なことに、火はマハーンを襲うことはなかった。だからだろうか。マハーンは少しも恐怖を覚えなかった。むしろ、鮮やかな紅と金の火花に魅せられた。

火はしつこくカヤル達につきまとっていたが、やがて消えた。ぼろぼろになったカヤル達は、もはや口をきく力も残っていないようだった。あちこち軽い火傷ができていて、全身泥まみれだ。顔は蒼白で、目には恐怖があふれている。

三人はよろめくようにして走り出した。その目はひたすら町に向けられていた。安全なあの場所に、一刻も早く帰りたいと言わんばかりだ。カヤルだけはマハーンを振り返ったが、結局は何も言わずに立ち去った。

取り残されたマハーンは、沼を振り返った。あちらから火花はやってきた。あちらに、何かがいる。

ごくりと、つばをのんだ。初めて怖さを感じた。得体の知れないものへの恐怖。だが、それ以上に知りたかった。美しい火を送りこみ、自分を助けてくれたものの正体を。

好奇心は恐怖に勝り、マハーンは水辺の葦をかきわけ、奥へと踏みこんでいった。ぬるぬると重たい泥が足にへばりついてきたが、気にせずぐいぐいと進んだ。

すると、向こうの草の茂みで、ひゅっと、息を吸いこむような音がした。続いて、身をかがめるような、がさっという音。

誰かいる。そして、その誰かはこちらを怖がっている。火の送り手が、半端者の自分を怖がるなんて。

恐怖の匂いを嗅ぎ取り、マハーンはなんだかおかしくなった。

その場で立ち止まり、マハーンは草陰に潜むものに呼びかけた。

「ぼくを助けてくれたんだよね？　ありがとう。すごく、嬉しかった……」

返事はなかったが、空気が変わるのをマハーンは感じた。恐怖が消え、戸惑いが広がっていく。

マハーンはさらに言葉を続けた。

「ぼくはマハーン。あの町に住んでる。でも、みんなに嫌われてて……誰かに助けてもらうのは、今夜が初めてだった。だから、君にお礼を言いたくて……」

いつの間にか、マハーンの目から涙がこぼれだしていた。

そうだ。嬉しかったのだ。誰かが自分のことを気にかけ、助けてくれた。バヤルの町の中ではありえないことだ。嬉しくて、とても嬉しくて、胸から色々なものがあふれてくる。

出てきてくれと、マハーンは頼んだ。

「君が……たとえ魔物でも、ぼくはかまわないよ。ぼくを食べるつもりだって、ぼ、ぼくは恨んだりしない。君は恩人だもの。だけど、食べられる前に、恩人の姿を見たいんだ。……出てきてよ。お願いだよ」

長い沈黙のあと、がさりと、草むらが揺れた。

そうして出てきたのは、小さな人影だった。まだ子供だ。マハーンよりも二つか三つ年下の少年。痩せほそり、乾いた泥がへばりついたぼろをまとっている。

だが、その目と髪は、どんな紅玉(こうぎょく)や石榴石(ざくろいし)よりも深く鮮やかな紅色をしていた。

## 2

シャンの知っている世界はとても小さなものだった。物心ついた時には、小さな小屋で無口でぶっきらぼうな親方と二人だけで暮らしていた。小屋のまわりは荒れ地で、四方に目をこらしても、村や町はいっさい見当たらない。ただ遠くに黒い山並みが小さく見えるだけだ。

人は時々やってきたが、そういう時はシャンはすばやく小屋を抜け出し、客人に見られないようにする決まりになっていた。

やってくる客をこっそりうかがううちに、シャンはそのわけに気づいた。外からの客は、みんな黒い髪か茶色の髪の持ち主で、目の色も暗いものばかりだった。シャンのような赤い髪、赤い目を持つ者は、一人もいなかったのだ。

「俺は……みんなと違うの？」

「そうだな。違うな。だが、違うからこそ、俺はおまえを引き取ったんだ。炎の色をまとうおまえは、俺には縁起のいいものだからな」

そう答える親方は、火と鉄に仕える鍛冶屋(かじや)だった。それも武器を作る鍛冶屋だ。腕はよいらしく、遠くから客が買い付けにやってくる。

親方は、仕事をする時はいつもシャンをそばに置いた。

「おまえがいると、火の機嫌がいいんだ。おまえはやっぱり火の子だよ」

やがて、親方はシャンに炉をまかせるようになった。火を高めたい時には燃石を炉にくべ、火が強すぎる時は火かき棒で燃石をかきだす。親方の望む火を作り出せるよう、炉を見張るのがシャンの仕事となった。

火を見ているのは楽しかった。火花のはぜる音は歌声に聞こえた。次々と色を変えてゆらめく炎はまるで踊り子だ。吸いこむと、鼻毛がちりちりするような熱い空気も好きだった。

もちろん、小さな火傷(やけど)は何度もした。だが、シャンにはそれは火のちょっとしたいたずらや軽い口づけのように思えた。

自分でも不思議なほど、少年は火に惹かれた。じっと燃える炎を見ていると、炎がこちらに笑い返してくる気がしてならない。

とにかく、シャンの世界は小さかった。それでも充実はしていた。親方は武骨だが理不尽なことは言わなかったし、きちんとシャンを食べさせてくれた。粗末な藁(わら)の寝床でも毎晩ぐっすり眠れたし、仕事をやる満足感もある。日々の暮らしであれこれ考えることは少なく、だからこそシャンは平和に過ごせていた。

だから夢にも思わなかった。平和な暮らしが、突然打ち砕かれる日が来ようとは。

それは本当に突然だった。

その朝、シャンはいつものように鍛冶場の裏手で、まだ使うには早すぎる燃石を並べていた。

燃石は日の光を浴びて育つ。日光をたっぷりと吸いこんだ燃石ほど、つやつやと油がしみでてきて、よく燃えるようになるのだ。

燃石を育てるのもシャンの仕事だった。まだ艶のない、ぱさぱさの石を、広げた布の上に一つずつ置いていた時だ。ふいに、かすかな震動が地面を伝わってきた。馬の足音も聞こえてくる。

誰かが来る。お客か？　行商人か？　いずれにしても、自分の姿を見られてはいけない。

いつも首に巻いている布で目立つ髪を隠し、シャンはすぐそばにあった空(から)の水甕(みずがめ)に飛びこんだ。そこは恰好の隠れ場所だった。じつは側面に大きな穴が空いていて、そこから鍛冶場の様子を見ることができるのだ。

今日はどんな人が来たのだろうと、シャンはじっと目をこらした。

やがて土ぼこりが見え、さらに黒い馬が数頭、鍛冶場の前に止まるのが見えた。乗っているのは男達だ。黒いマントをまとい、甲冑(かっちゅう)を着ている。彼らの腰にある剣は大きく長かった。

どういうわけか、シャンは鼓動が速くなった。ちりちりっと、うなじの毛も逆立つ。

親方、出ていかないで。やつらの前に行かないで。

心の中で願ったが、それは叶えられなかった。親方が、彼らのもとに近づくのが見えた。声も聞こえてきた。

「何かご用かね？」

「鍛冶屋のドルジだな？」

「そうだ。そちらは？」

「我らはナルマーン国のサルジーン王に仕える者」

ほんのわずかだが、親方があとずさりした。親方の顔は見えなかったが、シャンにはすぐにわかった。

怯えている。あの親方が。

ますます悪い予感がした。

「大砂漠の君主の家来が、なんの用でタルク人の土地へ?」

「ある確かな情報をつかんだのだ。知っているだろうが、いまだ大砂漠では謀反の蛇があちこちでうごめき、サルジーン陛下の憂いとなるべく、牙に毒を塗りこめている。それらに協力する者は、全て反逆者だ。……たとえ、その者が大砂漠の外にいようとな」

じゃっと、馬上の男達はいっせいに剣を抜いて、親方に突きつけた。

「ドルジ。貴様、反乱勢力に武器を提供しているそうではないか。知っているぞ。やつらは貴様をここに住まわせ、鉄を与えては武器を作らせているそうだな」

「な、なんのことだか、さっぱりわからん」

「とぼけても無駄だ。知っていることはまだある。貴様、もとはナルマーンの鍛冶職人で、名はカミバード。偉大なるサルジーン陛下のお抱えになることを拒んだ男だ」

「陛下のもとから逃げただけでなく、謀反人どもに剣や槍を作ってやっていたとは。とんでもない反逆者だ。ナルマーン人の恥さらしめ!」

蔑みのこもった言葉に、きっと親方は顔をあげた。そのがっちりとした体から怒りの焔が立ちのぼった。

「恥さらしはどっちだ！　サルジーンは俺の家族を奪った。あいつが望むものを俺がこしらえれば、妻と子は返す。そう約束したくせに、破った。俺はやつのために剣を作った。その鉄に、お、俺の家族が熔かされているとも知らずに！　あんなやつが王であるものか！　そうとも。俺は武器を作った。たくさんの剣に無数の矢じり。いずれ、それらのどれかが、サルジーンという魔物を殺してくれるだろう！」

血を吐くような叫びは、文字どおり血で終わりを告げた。馬上の男の一人が、物も言わずに剣を振るったのだ。血しぶきが飛び、親方は倒れた。

「痴れ者め」

剣の血をぬぐいにかかる男に、別の男が声をかけた。

「タルク人の領土でこんなことをして、よかったんでしょうか？」

「かまわん。いずれこの国もナルマーン国に加わることになるのだからな」

「では、まもなく進撃を？」

「いや、まずは大砂漠内の蛇どもを一掃してからになるだろうな。陛下にたいらげられた都の残党どもが、密かに手を結ぼうとしているらしい。それに赤いサソリ団の連中だ。あいつらはじつに厄介だからな」

「それはともかく、任務は果たしました。行きますか？」

「そうだな」

この時初めて、シャンは我に返った。全てを見ていたというのに、何が起こったのか、よくわかっていなかった。

親方を見た。

倒れたまま動かない親方。その体の下から血が広がっていく。炎とは違う赤い色。禍々(まがまが)しい色。

胸の動悸が一気に激しくなった。痛いほどに膨(ふく)れあがったのは、憎しみだった。

憎い！　あいつらが憎い！　親方を殺した。それなのに笑って、去ろうとしている。行かせるものか！　行かせない！　許さない！

ばちばちっと、体から火花が散った。その火花は甕(かめ)の割れ目から飛び出し、まるで稲妻(いなずま)のように男達に向かっていった。

「なんだ？」

「火花？」

男達のマントに飛びついた火花は、たちまち炎となった。男達は慌てて手で叩き、消そうとする。だが、シャンはそれを許さなかった。

消せるものか。それは、俺の火なんだ。絶対消えるな、火。燃えろ！　大きく燃えあがって、そいつらをのみこんでしまえ！

まるで心の叫びが届いたかのように、ぐわあっと、火が大きく盛りあがった。それは一瞬、獣(けもの)の姿をとった。

巨大な、蛇のような獣。金の目を持ち、赤い炎の体がごうごうと唸りをあげる。

絶句する男達に、獣はくわっと口を開けた。そして……。

一気に男達を馬ごとのみこんだのだ。

悲鳴はあがらなかった。全ての音すらものみこみ、炎の獣はさっとかき消えたのだ。

そこにはもう、誰もいなくなっていた。男達も馬達も、そして倒れていた親方すらも。

シャンはのろのろと隠れ場所から出ていった。親方が倒れていたところには、赤褐色の乾いたしみがあるばかり。わずかな希望をこめて、「親方」と小さく呼んだ。だが、声は荒れ野の風に飛ばされ、親方が現れることもなかった。

消えてしまった。いや、シャンが消してしまったのだ。

ふいに強烈な恐ろしさに襲われた。少年はがくがくと震え、ついには膝をついてしまった。

自分が男達を燃やした。男達と親方を消した。

確信があった。炎を従え、操った感覚はまざまざと覚えている。そして、やろうと思えばまたできるだろう。何かが目覚めてしまったのだ。

自分は本当は化け物なのか?

だが、胸が苦しくなるような恐怖を、シャンはなんとか押しのけた。

とにかく、もうここにはいられない。あの男達の仲間がまたやってきたら、どうなる? たぶん、自分はまた炎の獣を生み出してしまうだろう。あいつらは悪いやつらだと思うから、消してしまってもいいかもしれないけれど、やっぱりそれはそれで恐ろしい。親方もいなくなってしまったのだから、ここを離れるのが一番だ。

だが、どこに行くべきだろう？

途方に暮れた時、ふと顔をあげた。遠くに黒い山並みが見える。その向こうにあるのは……。

「大砂漠……」

前に、客が置いていった酒を飲み、親方が酔っぱらったことがあった。その時、親方は珍しく饒舌(じょうぜつ)になった。

「俺は大砂漠の民だ。大砂漠ってぇのは、ほら、あの黒い山の向こうにあるんだ。……美しいところだ。太陽は過酷で、恐ろしい砂嵐もある。砂漠の獣は貪欲(どんよく)で、いつも飢えている。だが、俺は大砂漠が好きだった。金色に燃える砂、オアシスの水のうまさ。……大砂漠には、いくつもの小国や都がある。そのうちの一つが俺の故郷で……だが、そこを出ていかなきゃならなくなった」

その一瞬、親方の目が煮えたぎるような熱をおびたのを、シャンは今でも覚えている。

「おまえと会ったのは、黒い山を越える前だった。たまたま出くわした隊商の連中が、おまえを抱えていた。まだ半年たらずの赤ん坊。真っ赤な髪と目を持つ赤ん坊。連中は気味悪がっていたが、俺にはおまえが炉の神の贈り物に見えた。だから、おまえをもらって、乳がよく出る山羊(やぎ)も一頭買って、こっちの土地へ来たんだ」

「……俺、捨てられてたの？」

「知らん。隊商の連中は詳しく話してくれなかったし、俺も聞かなかったからな。だが、これだけは確かだ。俺もおまえも大砂漠の民だ。大砂漠が俺達の故郷なのさ」

親方はそのあとは黙りこみ、何を聞いても話してくれなかった。あの時の言葉が今になって、シャンの頭に蘇ってきた。

「大砂漠……」

自分の故郷だという場所。そこに行ってみたらどうだろう？　そうだ。そこに行けば、大切な何かが見つかるかもしれない。

シャンはよろよろと立ちあがり、黒い山々を目指して歩きだした。

霧の中にいるように、全てがぼんやりとしていた。転んでも痛みは感じない。草の実や草原狼の食べ残しなど、食べられるものを見つければ口に入れたが、なんの味もしなかった。まるで体と魂がずれてしまったような感じだ。前に進む自分の姿を、少し離れたところから見下ろしている。それは決して不快ではなかった。何も感じずにいられるのは、今のシャンにとってはありがたかったのだ。

そうして、少年は歩き続けた。人がいる場所はできるだけ避けた。人が怖かった。怒りに我を忘れて、また燃やしてしまうようなことはしたくない。

少年は影から影へ、忍びやかに動いた。履き物はすりきれ、剝き出しになった足の裏は、最初こそ血を流したが、次第に角のように固くなっていった。着ているものも雨風にさらされ、土ぼこりを吸いこみ、色を失っていく。

ぼうぼうに伸びた赤い髪をふりみだし、伸びてきた爪を嚙む自分を、シャンは獣のようだと思った。このままいけば、人としての心も消え、本当の獣になれるかもしれない。

そう思い始めた頃、シャンは大きな沼地へとたどりついた。

獣になりかけた少年はそこが気に入った。高く伸びた草だらけで、どこにでも身を隠すことができる。しかも草は夜の寒さからも身を守ってくれる。

それに沼には食べる物がたくさんあった。水草の根、小さなエビや蟹、ぬるりとした魚。そうしたものを手づかみでとらえ、がつがつと食べた。火は使わなかった。火をふたたび作り出すのが怖かったのだ。

とにかく、沼地は居心地がよかった。ずっとここにいようかと、シャンは思った。すでに自分がどこに行こうとしていたのか、それすらも忘れていた。この沼地には隠れる場所があり、食べる物もある。人の町に近いということが欠点だが、めったに人は来ないようだし、誰かがやってきた時は、身を潜めればいい。

ここにいようとシャンは決めた。

それから数日後の夜のこと。シャンは世にも美しい音を耳にした。それは澄んだ笛の音で、胸をかきむしられるような寂しさと、何かに対する激しい憧れがこもっていた。

そして、その音色は獣に堕ちかけていた少年の魂をつかんだ。

ふいに、シャンは自分を取り戻した。そしてようやく認めたのだ。親方が死んでしまったのだということを。自分が、親方をとても好きだったのだということを。

失った人を悼み、シャンはぼろぼろと涙をこぼしながら美しい笛の音を追った。そうして、向こうの水辺に少年の姿を見つけた。

自分よりも年上の少年で、背が高い。彫りの深い顔立ちに悲しみを宿し、一心に笛を吹いている姿は気高く見えた。それに、その少年の肌は褐色だった。親方、それにシャンと同じ肌の色だ。親しみが一気にわいた。

シャンは少年に一番近い草陰まで這い進み、そこで心ゆくまで調べに聞き入った。だが、それは長くは続かなかった。荒々しい気配をまとった三つの人影が近づいてきたのだ。

三人はやはり少年だったが、笛を吹く少年とはまったく似通ったところがない。彼らの細い目には憎しみがあった。

笛の調べが途絶え、一方的な暴力が始まった。シャンは見ていて胸のむかつきが止まらなかった。

親方は、シャンが言いつけを聞かなかった時は、きつい拳骨(げんこつ)を見舞ってきた。だが、理不尽だったことはないし、シャンもそれを恨んだことはない。

だが、三人がかりで一人の少年をいたぶる光景には、理不尽しかなかった。笛の少年が引きずられ、沼の泥に頭を押しつけられそうになるのを見て、ついにシャンの感情が爆発した。

とたん、火花がほとばしった。金と朱色の火花は音を立てて走っていき、卑劣な三人組に飛びついた。

シャンがすぐに正気に返ったために、三人を燃えつくすようなことにはならなかったが、それでも怯えさせるには十分だったようだ。三人組が町へと逃げ帰る姿に、シャンはほっとしたような、苦しいような気持ちになった。

またやってしまった。また火花を生んでしまった。俺は、やっぱり化け物なのかな。

だが、落ちこむこともできなかった。笛の少年が、こちらに向かって近づいてきたのだ。そしてシャンがいる草むらに優しく呼びかけてきた。

出てきてほしいと。助けてもらって感謝していると。

久しぶりに聞く人間の声は、先ほどの笛の音よりもシャンの心にしみた。

おもしろいことに、相手の少年はシャンのことを魔物と思っているようだった。怖がらないと言っているが、本当に自分を見ても逃げたりしないだろうか。

シャンは試してみることにした。勇気を振り絞って、草むらをかきわけ、少年の前に姿を現したのだ。

少年は、自分が言った言葉を守った。

シャンを見て驚きはしたが、怖がりはしなかったのだ。

# *3*

見たこともないほど薄汚れた少年から、マハーンは目が離せなかった。汚れていても、その髪は夜目にも鮮やかで、まるで炎が燃えているようだ。深紅の瞳は紅玉（こうぎょく）か石榴石（ざくろいし）に匹敵する美しさで、手で触れてみたくなる。

きれいだと、マハーンは思った。その思いが強すぎて、他は何も感じられなかった。

そんなマハーンを、相手は不思議そうに見返すばかり。

しばらくしてから、マハーンはやっと吐息のようにささやいた。

「君は……誰？」

「俺、シャン……ま、魔物じゃない。人間だよ」

「……信じるよ。そんなきれいな髪や目をした魔物がいるわけないもの」

びっくりしたようにシャンが目を丸くした。その顔はずいぶんと幼く見えた。

自分より年下の相手を怖がらせてはいけないと、マハーンはとりあえず言葉を続けることにした。

「さっきも言ったけど、ぼくの名前はマハーンだよ。これはタルク人の名前じゃなくて、大砂漠のほうのものなんだ。ぼくの父さんが大砂漠から来た人で、ぼくは父さんと同じ名前をつけられたんだ」

「大砂漠……」

「シャンっていうのも、タルク人の名前じゃないね。もしかして、やっぱり大砂漠の？」

「う、うん。たぶん」

「そうだと思った。だってほら、君の肌って、ぼくのと同じ色をしているものね」

「同じ……」

シャンの目が一気に和らいだ。嬉しそうに微笑（ほほえ）みすらした。

その瞬間、マハーンは悟った。自分がこの不思議な少年の信頼を勝ちとったことを。

それからというもの、マハーンは毎日のように沼地に通い、シャンに会い、言葉を交わした。

二人の孤独な少年が親友になるのに、さほど時はかからなかった。

マハーンは、シャンの存在に心が救われた気がした。母以外に自分を慕ってくれる初めての相手だ。しかも、母と違って、自分を束縛することもない。

シャンにはなんでも話すことができた。途方もない夢や心に秘めた野望も、シャンになら打ち明けられた。シャンはいっさい馬鹿にすることなく、そういう話を聞いてくれたからだ。

いつか一緒に大砂漠に行こう。一緒に冒険して、名をあげて、英雄になろう。

そう繰り返すマハーンに、シャンは一度、不思議そうに聞き返してきた。

「それって、今行けないの？　今じゃだめなの？」

「今は……だめなんだ。ぼくが町を出ていけば、母さんはぼくが家出したって、半狂乱になる。……母さんをこれ以上苦しめたくないんだ。もう少し、時機を見なくちゃ」

「そうなんだ」

「そうなんだよ。……でも、もうすぐさ。必ずぼくは大砂漠に行く。その時は、シャン、君も一緒だ」

「うん！　俺、一緒に行くよ。絶対行く！」

楽しみだと笑うシャンが、マハーンは愛しくてたまらなかった。

あの夜以来、従兄のカヤルやその仲間は、マハーンに手出しをしなくなっていた。ただ遠くから、じくじくとした憎しみをこめて、見つめてくるだけだ。その憎しみには怯えもまじっている。自分達を襲った火花は、マハーンが作り出したものだと思いこんでいるらしい。殴られたり小突かれたりすることがなくなり、マハーンはほっとしていた。それもこれもシャンのおかげだ。

そしてもう一つ、大きな変化があった。

秘密の友達を得てからというもの、マハーンは父親への期待や関心が一気に薄れたのだ。シャンと一緒に冒険の旅に出るという夢は、王族の父親が自分を迎えに来てくれるという夢よりも、ずっと現実味があった。

シャンがいてくれれば、それで十分だ。あの子と一緒に、いつかこの息苦しい場所から逃げ出してみせる。

新たな希望を持ったことで、マハーンは自分が少し強く、自由になったように感じた。父親は来ないのだ。もう二度と、幻のような期待を抱くことはすまい。

そう決めた。

だが、マハーンは間違っていた。

彼を探している者は確かにいたのだ。


それは、マハーンがシャンと知り合ってからふた月ほど経った頃のことであった。

バヤルの町に、久しぶりに大砂漠からの隊商がやってきた。四十人ほどの商人の一団で、それぞれがラクダと馬を連れ、こちらでは珍しい干した果物や色鮮やかな織物を運んでいた。

バヤルの町の人々はこぞって隊商を歓迎し、羊肉と熱い酒でもてなした。そのあとは思い思いに取り引きを始めながら、大砂漠や他国の噂を耳に入れる。

マハーンも、商人達にさりげなく近づいて、彼らの話に耳を傾けた。

異国の話は物語のようにおもしろかったが、暗い話も多かった。やはり、大砂漠では戦火が広がっているようだ。

サルジーン王のことを激しくののしる商人から、そっと遠ざかろうとした時だ。マハーンはふいに強い視線を感じた。

タルク人の町にいる異質な子供として、物心つく頃から好奇や嫌悪の視線を浴びてきた。だが、これほど強烈なのは覚えがない。

いったい誰だろうと、マハーンは周囲を見回した。そして人だかりの向こうに、男がいることに気づいた。

男は、商談にはまったく加わらず、市場の壁によりかかって立っていた。剣を下げているところを見ると、商人ではなく、隊商に雇われた用心棒なのかもしれない。長旅にくたびれた衣服を身につけてはいるが、卑(いや)しさは感じられなかった。

見るからに大砂漠の出身とわかる濃い褐色の肌。くせのある黒い髪。彫りの深い顔。歳は三十前のようだが、どっしりとした落ち着きが備わっている。

これまでに見たことがない類(たぐい)の男に、マハーンは圧倒された。なにより、男はマハーンを食い入るように見ていたのだ。何かを探り出そうとするかのような鋭い目に、マハーンは自分の魂の裏側まで見透かされる気がした。

耐えられず慌てて背を向けて、路地へと逃げこんだ。男は追っては来なかった。その時はまだ……。

その夜、物置小屋で母と共にわびしい夕食をとっていたマハーンのもとに、母屋から伯父がやってきた。

「客が来たぞ。おまえ達に話がしたいそうだ」

そう言って、伯父が物置小屋に通したのは、例の男だった。

男はラディンと名乗り、突然の訪問を丁寧にわびてきた。洗練された物腰だった。用心棒にありがちな荒々しさなど、少しも見られない。

いったい何者なのだろうと、マハーンは戸惑った。

だが、トハは男の正体よりも、その目的を知りたがった。上目遣いで男を見つめながら、じんわりと尋ねた。

「私達になんのご用ですか？　大砂漠からいらっしゃった方のようだけど……あなたはもしや……うちの子を迎えにいらしたのでは？」

「母さん！」

やめてくれと、マハーンは顔を赤くして、母の言葉を遮ろうとした。

ところがだ。

はいと、男はうなずいたのだ。

マハーンは絶句し、トハは狂喜した。

「やっぱり！　ああ、あの人が迎えをよこしたのね！　やっぱりよ。わかっていた。私にはずっとわかっていた。あの人がいつか来るって。私と息子を迎えに来てくれるって！　あの人は嘘なんかついていなかった。ほらね、マハーン。わかったでしょう？」

母の勝ち誇った叫びも、マハーンの耳には入らなかった。マハーンはひたすらラディンに目を奪われていた。

この人は大砂漠からやってきた。自分を迎えに来たという。母さんの言っていたとおり、父さんがついに迎えを寄越してくれたというのか？

信じられない。でも、信じたい気持ちもある。複雑な想いで胸がふさがり、息が苦しくなった。

そんな少年の気持ちが伝わったのだろう。ラディンはうなずいた。

「すぐには信じがたいことでしょう。ですが、あなたが思っておられる以上に、ことは重要で深いのです。……まずは私の話を聞いていただきたい」

男の話が始まった。


私は大砂漠の都、ナルマーンの民です。

ナルマーンは、大王イシュトナールが作り出した都で、およそ四百年間、彼の一族によって守られ、この世のどんな大国よりも栄えていました。

ですが、九十年前、大厄災と呼ばれる日蝕（にっしょく）の日に、反逆が起こりました。その反逆の嵐はすさまじく、その日、イシュトナールの血は途絶えたのです。

そして新たな王家、セワードの一族がたちました。だが、それも三代目で途絶えた。あなた達も、サルジーンの名はご存じでしょう？　あの残忍な男が、三代目のセワードを廃し、王座を奪ったのですよ。

彼はナルマーンという都すらも消してしまった。今は大砂漠全てを己（おの）が物にするという野望のもと、他国をも蹂躙（じゅうりん）している。人も国も都も散り散りとなり、赤の王の刃（やいば）と炎にのみこまれていくばかり。

サルジーンを憎む者は大勢いるが、彼らはばらばらで、まとまりがない。それぞれが牙を剝(む)いても、豹(ひょう)に子猫がふざけかかるようなもの。民をまとめあげる王が必要なのです。そして、その王は誰よりも清らかで正当な血統でなければならない。

……ナルマーンのもともとの王は、大王イシュトナールの血を引く者です。それは途絶えたとされていました。が、ただ一人、ナルマーンを生きて脱出した王子がいたことがわかったのです。イシュトナール王朝最後の王ウルバンの第十王子ユージーム。

王朝が滅びた時、その王子はまだ六歳でした。一人の屈強な戦士に守られ、王子は逃げのびたといいます。

セワード王朝が始まったあと、ナルマーンの志(こころざし)高き四十の氏族から一人ずつ戦士が選ばれ、密かに大砂漠へと放たれました。ユージーム王子を見つけ、彼を王としてナルマーンに連れ戻すことを目的として。

探索の旅は何年も、何十年も続きました。

失われた血脈の王子。ナルマーンの真の王。たとえ時が流れようと、王子の血を受け継いだ者がいるのであれば、その御方を王座に就かせることこそが我らの使命。

戦士達の意志と目的は、その子、孫へと伝えられ、時代が変わっても途絶えることはありませんでした。

あちこちに足を運び、様々な小さな噂を頼りに王子の血脈を探す彼らは、いつしかダーイラムと名乗るようになりました。古(いにしえ)の言葉で、秘密を探す者達を意味するものです。私もその一人です。

そして今日この日を、私も、我が盟約の兄弟達も、生涯祝うことでしょう。ようやく、我らの探索は終わりを告げたのですから。

そう言って、ラディンは深々とマハーンに頭を下げたのだ。

途方もない話を聞かされ、マハーンはただただ目を丸くしていた。トハですら、話についていけないようだった。

てっきり、マハーンの父親が迎えをよこしたのかと思ったのに。ナルマーン？　失われた王家の血脈？

うろたえながら、マハーンはようやく声をしぼりだした。

「ぼ、ぼくが、王の子孫？」

「はい」

「そ、そんなの……あ、あ、ありえないよ」

「いいえ、間違いございません」

不動の石のように揺るぎない声で、ラディンは言い切った。

「まず、あなた様の名です。町の人から聞きましたが、マハーンとは、父君の名でもあるとか？」

「……そうです」

「では、このことはご存じですか？　マハーンは、古き王の名。由緒ある名なのです。それなりの身分を持つ者でなければ、おいそれと名乗れるものではありません」

　マハーンの体がかっと熱くなった。同じ名前を持つ父のことが、これまでになく近く感じられた。トハに至っては涙を流している。

「そして、私が確信した最大の理由は、あなた様の顔です。これをごらんください」

　ラディンが見せたのは、手のひらにおさまるほどの小さな丸いメダルだった。そこには精緻(せいち)な技巧で、一人の男の肖像画が描かれていた。

　真っ青な衣をまとい、白いターバンを頭に巻いた若い男だった。まだひげもなく、強さと傲慢(ごうまん)さをあわせもった黒いまなざしを、まっすぐ前に向けている。

　肌はなめらかな褐色で、ターバンからこぼれる髪は黒い巻き毛だ。マハーンと同じ肌の色、同じ目と髪の色。なにより、その顔はマハーンにそっくりだった。大人になったマハーンが、メダルに刻みこまれているかのようだ。

　言葉を失っているマハーンとトハに、ラディンはうやうやしげに教えた。

「これこそ、ナルマーンを誕生させた始祖王、イシュトナールです。そして、あなた様こそはその末裔(まつえい)。この肖像画に生き写しであることがなによりの証拠です。ようやく見つけました。失われた血脈の王子よ。どうぞ大砂漠においでください。そして、我らをまとめる王となり、悪辣(あくらつ)王を倒し、真のナルマーンを復活させてください。あなた様はそのために生まれてこられたのですから」

ああっと、トハが突然悲鳴をあげた。それは狂気すらにじませた歓声だった。

「ああ、私にはわかっていた！　わかっていたのよ！　この子は特別だって。でも、まさか王様になる子だったなんて。もちろん、マハーンは大砂漠に行きます。どうかお連れください。この子を王にして！　王にしてくれるのでしょ？」

「必ず。それが我らダーイラムの役目でございますから」

「そうよそうよ！　そうでなくては！」

身を震わせて喜んでいる母から、マハーンは目をそらした。母の姿がとても醜く見えたのだ。

ラディンは、今夜のうちに町を発ちたいと言った。

「サルジーン悪辣王は、あらゆる場所に密偵を放っています。大砂漠の外であるこの町も、決して安全とは言えない。……あなた様の存在を知れば、やつは必ずあなた様を殺しにかかるでしょう。何事も秘密裏に、すばやく動かなければならないのです。わかりますね？」

ラディンはマハーンに話しかけたのだが、それに答えたのはトハであった。

「かまいません。あなたの言うとおりにしますよ。発つというなら、今すぐ発てます。どうせ持っていく物など、たいしてないのだから」

さあ行きましょうと勢いこむ母親に、ラディンは気の毒そうな目を向けた。

「大事なことを言い忘れておりました。母君、あなたにはここに残っていただきたい」

「え？」

「マハーン様が玉座を取り戻すまで、この町で待っていただきたいのです」

「私に息子と離れろと言うの！」

「どうかおわかりください。大砂漠は、この東の地とは比べものにならないほど過酷な場所なのです。この地を、町を離れたことのない女人には、おそらく耐えられますまい。それに、山脈越えがある。……私が用意した翼船は小さくて、二人しか乗れないのです」

「だからってそんな……そ、そんなのだめよ！」

冗談じゃないわと息巻くトハに、マハーンは急いで言った。

「母さん、そうしようよ。ぼ、ぼくはこの人が正しいと思う。言うとおりにしたほうがいいよ。……母さんはぼくに王様になってほしくないの？」

この一言は効いた。一瞬傷ついた顔をしたものの、トハはすぐにうなずいたのだ。

「そうね。おまえの言うとおりだわ。大事なのはおまえが王になることだものね。……私は残ります。ただし、この子のことを守って。私がこの子を守るように守り切ると、約束して」

「ナルマーンの真の王を守ると、約束いたします。ナルマーン王家に仕えるのが我が使命でございますれば」

ラディンの誓いには重みがあった。

トハはゆっくりとマハーンに向き直り、自分よりも背が高くなった息子をぎゅっと抱きしめた。

「おまえの父親は私を待たせ続けたわ。おまえは、私を待たせないで。いいわね？」

「……はい、母さん」

そうして母子は離れた。母親は家に残り、息子は砂漠の風をまとった男と共に、忍びやかに外へと出たのだ。

夜の町はすでに静かだった。暗い通りを歩く者はほとんどおらず、ラディンのマントに匿(かくま)われるようにして歩くマハーンをまじまじと見る者もいなかった。少年には、それが少し残念でもあった。

どうだ。ぼくを迎えに来てくれた人がいたんだ。母さんもぼくも、何も間違っていなかったんだぞ。

そう大声で触れ回ってやりたいくらいだった。

だが、もちろんそうはいかない。ラディンはあくまで静かに人目につかぬように行動したいようだった。

町の門へと向かっていることに気づき、マハーンは小さくささやいた。

「隊商の人達は？　一緒に行かないんですか？」

「彼らとは二度と共に旅をすることはないでしょう。彼らは言わば隠れ蓑(みの)です。隊商の用心棒をしていれば、あちこちに行けるし、誰かを探していたとしても怪しまれることもないですから。……だが、あなた様を見つけた今、もうその必要はなくなった」

そう言ったあと、ラディンはちらりとマハーンを見下ろした。

「あなた様の母君はあなた様のことが誇らしくてたまらないようだ。母親とはそういうものですが、我々にとって、母君の舌は危険なものだ。むやみやたらな自慢は、敵をおびきよせてしまう。……あなた様があゝ言ってくれて助かりました」

「母さんは……ぼくのことになると、夢中になってしまうから」

正直なところ、母親が一緒でないことにマハーンはほっとしていた。きっとトハは、マハーンが王の子孫であることを声高にしゃべり、自分は王の母なのだと、いずれは威張りだすことだろう。そんな母親にそばにいてほしくはなかった。恥ずかしくてたまらない。

と、門が見えてきた。マハーンの心臓は強く高鳴りだした。

この町を出られる。頑固で無愛想な人々から離れられる。なにより、湿っぽく甘ったるく支配的な母親から遠ざかれる。それだけで、まっとうに息ができる気がした。

たとえ、ラディンが嘘を言っていたとしても、かまわない。自分を奴隷として売り払うつもりなのだとしても、絶望などするものか。今ラディンが与えてくれた解放感のほうが、ずっとずっと大きいのだから。

こんな場所に未練などかけらもなく、マハーンは早く門を抜けたくて早足になった。だが、門をくぐったところで、シャンのことを思い出した。

足を止め、ラディンを振り仰いだ。

「ラディンさん、ちょっと待って！　一人だけ、別れを言いたい友達がいるんです！」

「しかし、あまり時が……」

「お願いです！　少しでいいから！」

「……わかりました。どこに住んでいる友達ですか？」

「この先の沼地です」

「沼地？」

ラディンの腕を振り払い、マハーンは沼地に向かって駆けだした。

## 4

近づいてくる足音に、茂みの中で丸くなっていたシャンはすぐに気づいた。

軽いはずむような足音。これはきっとマハーンだ。こんな夜遅くに、また会いに来てくれたのか。

たちまちシャンは嬉しくなった。だが、相手が友人でない場合のことも考え、こちらから飛び出していくのは控えることにした。

と、今度は小さな呼び声が聞こえた。

「シャン。ぼくだ。マハーンだよ」

やっぱりマハーンだったかと、シャンはすぐに隠れ場所から出て、友達を出迎えた。そして驚いた。マハーンの様子がいつもと違っていたからだ。

夜目でもはっきりわかるほど、頰は赤くほてり、目はきらきらと輝いている。こんなに嬉しそうな顔は見たことがなく、シャンは戸惑ってしまった。

そんなシャンの手をマハーンはぎゅっと握った。

「来たんだ、シャン！　ついに迎えが来たんだよ！」

「迎え……」

「そうだよ！　ぼくは行くんだ！　大砂漠のナルマーンの王になるんだよ！」

マハーンがあまりにも喜んだ様子なので、シャンは無理矢理こわばった笑みを浮かべてみせた。内心では動揺していた。

マハーンに迎えが来た。マハーンが行ってしまう。自分のそばから離れていってしまう。次はいつ会える？　もう会えなかったら？　そんなの、嫌だ。初めて自分の髪と目を褒めてくれた友達を失いたくない。

そんな感情と必死で闘っているシャンの前に、ふらりと、別の人影が現れた。

背の高い男だった。異国の風をまとっており、その目は鋭い。

シャンの火色の髪と目に驚いたにしろ、男はそれを顔には表さなかった。シャンを無視して、マハーンの肩に手を載せた。

「マハーン様、そろそろ行かなければなりません」

「ま、待ってください。あと少しだけ」

「いえ、なりません。時がないのです」

男の手にやんわりと力がこもるのを見て、シャンの中の感情がはじけた。

「マハーンをどこへ連れて行くんだ！　は、離せよ！」

叫ぶと同時に、体から火花が散っていた。七色に輝きながら、火花は流星のごとく男へと襲いかかる。男はうわっとのけぞり、マントや腕に嚙みついた火花を叩き消しにかかった。

マハーンは慌ててシャンの両腕をつかんだ。

「何をするんだ、シャン！　だ、だめだよ！　この人は悪い人じゃないんだから！　消して！　すぐ消すんだ！」

びくっとして、シャンはマハーンを見た。その黒い瞳をのぞきこんだとたん、あふれていた怒りがさっと消えた。

「ごめん。ご、ごめん、マハーン……でも……」

行かないでとは言えなかった。

だから、別の言葉を見つけ、紡（つむ）いだ。

「置いていかないで。お、俺を連れてって」

「シャン……」

「お願いだよ、マハーン。お、俺、一人はもうやだ」

泣きじゃくりながら訴えるシャンを、マハーンはじっと見ていた。

と、あの男がまたマハーンの背後に立った。焦げ臭さと恐怖をにじませながら、男はささやいた。

「マハーン様。そ、その子はいったい……」

「……ラディンさん。いつか、ぼくはあなたの王になるんだよね？」

「あなた様はすでに我が主であらせられます」

「なら、ぼくの言うことを聞いて。この子はシャン。ぼくの友達で……ぼくの弟みたいなものなんだ。だから、一緒に連れて行く。これは……命令だ」

シャンを守るように抱きしめながら、マハーンはラディンを振り返った。その顔には決然とした意志があった。あやふやに気弱げに微笑み、極力目立たないようにしていた落とし子の仮面は消え、王のように傲然とラディンを見つめる。

絶句しているラディンに、マハーンはさらに言葉を続けた。

「それに、シャンには炎を操る力がある。この力はきっと将来、ぼく達の役に立ってくれる。そうだよね、シャン？　君はぼくを助けてくれるよね？」

「なんでもやるよ。マハーンのためならなんでも」

必死な形相でうなずくシャンとこちらを睨みつけてくるマハーンを、ラディンは何度か見比べた。やがて、彼は静かに頭を下げた。

「いいでしょう。では、その少年も一緒に」

「あなたが用意したという船に、シャンも乗れるの？　三人は無理だと言っていたけれど」

「ご心配なく。大人二人と子供一人は無理ですが、大人一人と子供二人であれば、なんとかなります」

「よかった！」

マハーンはシャンの手を握り、まっすぐ目を見つめた。

「一緒に行こう、シャン。ついにその時が来たんだよ。ぼくらは大砂漠に行くんだ！」

「どこにだって行くよ、マハーン。あ、ありがと。俺、役に立つ。マハーンのためになんでもするから」

「うん。信じてる。ぼくが王様になったら、シャンを将軍にするよ。ぼく達はずっと一緒だからね！」

約束だと言うマハーンの手は、シャンには親方の大きな手よりも頼もしく思えた。

この手を放したくない。そばにいたい。そのためならなんでもしよう。

固く心に誓いながら、シャンはマハーンの手を握り返した。


その夜、三人は夜明けが来るまで暗闇の中を歩き続けた。

先頭はむろんラディンだ。明かりを持つこともなく、子供達の手を引いていく。その足取りは揺るぎなく、この人は夜目が利くのだと、子供達を驚かせた。

やがて、うっすらと空が明るくなってきた。薄明かりが広がるに連れ、視野もさあっと広がっていく。

三人は、ずいぶんと黒い山脈に近づいてきていた。あと半日もかからず、ふもとにたどりつけそうだ。

ここでようやくラディンは足を止め、子供達を草の上に休ませた。まずはマハーンに甘い蜜（みつ）菓子を食べさせ、水を飲ませ、その足の裏に薬を塗った。そのあとはシャンに向き直り、同じように蜜菓子と水を差し出した。

「足は痛むか？」

「ううん。平気」

「そうか。痛くなったら、すぐに言うんだぞ」

一度受け入れてしまうと、ラディンはシャンにも親切だった。笑いかけはしないが、顔にも態度にも誠実さがにじんでいる。

シャンはほのかな親しみを覚え始めた。無口で、だが頼もしいところが、親方を思い出させたからだ。

蜜菓子を食べると、ずいぶん力が蘇ってきた。これならまたいくらでも歩けそうだ。

元気をみなぎらせる子供らに、ラディンは「そろそろ用心しなければなりません」と言った。

「まずはシャンだ。目はしかたないとしても、その髪は目立ちすぎる。千歩先からでも見えるくらいだからな」

そう言って、ラディンはシャンの髪に手を伸ばした。ぼうぼうに広がっていた赤い髪を紐でくくって、小さくまとめ、さらに頭全体に黒いターバンをしっかりと巻きつけた。

たったそれだけで、シャンの印象はぐっと変わった。普通の少年にしか見えなくなる。黒いターバンにつられるかのように、紅玉色の目も少し黒みを増し、ずいぶん目立たなくなった。

「これでよし。次はマハーン様です。この仮面をつけていただきましょう」

ラディンは小さな白い仮面をマハーンに差し出した。目鼻のところに小さな穴が開いているだけの、そっけない仮面だ。

「我々の隠れ家に着くまでは、誰にもそのお顔を見られないほうがいいのです」

「だけど、仮面なんかつけたら、かえって目立つんじゃないですか?」

「砂漠には巡礼者もたくさんいます。願いが叶うまで、人前に素顔をさらさぬと誓った者達は、よく仮面をかぶるのです。大丈夫ですよ」

そう言われ、マハーンは素直に仮面をかぶった。かなり息苦しかった。慣れるまでは、時間がかかりそうだ。

同じような仮面をつけるラディンに、シャンが尋ねた。

「お、俺は?」

「あいにく、シャンの分はないのだ。まさかもう一人、連れ帰ることになるとは思っていなかったからな。だが、その黒いターバンは、業病を抱えているという意味を持つ。そういう者達も、巡礼では珍しくない。怪しまれることはないだろう。ただ、誰かが近づいてきたら、目を閉じて、具合の悪そうなふりをしてくれ」

「わかった」

「では、マハーン様。もうしばらく歩いていただきます。なに、ここまで来たら、あと少しですから」

その言葉どおり、それから半刻も経たないうちに、ラディンは足を止めた。

だいぶ黒い山脈のふもと近くになっており、辺りには大きな黒い岩がごろごろと転がっていて、あちこちに洞窟のような隙間ができている。その隙間の一つから、ラディンは小さな舟を引っぱりだしてきた。

いきなりだったので、子供達は驚いた。舟は漆黒に塗られていて、帆まで黒く、完全に岩々と同化していたため、ラディンが魔法を使って呼び出したように見えたのだ。しかも、舟の両脇には長い翼が二本ついており、ふわりと、空中に浮かんでいた。

絶句している子供達に、ラディンはこれは翼船だと教えた。

「大砂漠では、昔はよく使われていたものです。今では星の涙よりも貴重なものになってしまっていますが。見るのは初めてですか?」

「はい。あ、あの、ぼくらが乗って、大丈夫なんですか?」

「と、途中で落ちたりしない?」

不安げなマハーンとシャンに、ラディンはわずかに微笑んだ。

「大丈夫ですよ。翼船の浮力はかなりのものなのです。でも、このとおり狭い舟なので、しばらく窮屈な思いをさせてしまうかと。どうかお許しください」

ラディンは力強い両腕でマハーンを小舟に乗せ、続いてシャンを乗せた。最後に自分もひらりと飛び乗り、慣れた手つきで地面と舟とをつなぐもやい綱をはずしにかかる。

綱がはずれたとたん、小さな翼船はふわりと上昇し始めた。それと同時に、翼が羽ばたきだす。

みるみる地面が遠のいていくのを、マハーンもシャンも興奮の面持ちで見守った。

空飛ぶ舟に乗り、黒い山脈を越え、大砂漠に行く。いや、大砂漠に帰るのだ。

その高揚感はとてつもなく大きかった。

夢見心地の二人を乗せたまま、翼船はぐんぐん上昇していった。次第に空気が冷たくなり、湯

気のような白い雲がわきでてきた。雲は周囲を覆い隠し、黒い山脈の山肌すら見えなくなっていく。

ラディンは大きなマントで子供達を包み、また蜜菓子を与えた。

「これからもっと寒くなります。じっとして、マントから手足を出さないように」

ラディンの言葉どおり、やがてがちがちと歯が鳴るほど寒くなった。マハーンとシャンはぴったりと体をよせあい、温もりをわかちあった。

すでにこの時には、周囲は白い雲で満たされ、ひょうひょうという山風しか聞こえない状態だった。前に進んでいるのか、昇っているのか、それすら子供達にはわからなかった。

だが、ラディンには明確に位置がわかるらしい。ふと、嬉しげにつぶやいたのだ。

「ああ、今、山脈を越えました。ここはもう、大砂漠の領土です」

そう言われても、子供達はそれほど感銘は受けなかった。何も見えないし、とにかく寒い。寒さのあまり、頭がぼうっとして、いつしか二人とも目を閉じてしまった。

どれほど眠っていただろうか。

ふと、光と温もりを感じ、シャンは目を覚ました。夜は去り、朝となっていた。もう寒くない。むしろ、暖かすぎるくらいだ。マハーンとくっつけあっていた肌が汗ばんでいる。

マハーンはまだ眠っていたので、シャンは起こさないようにしながら、マントから抜け出し、立ちあがった。

「……っ！」

息をのむ少年に、ラディンが力強くうなずいた。

「そうだ。これが大砂漠だ」

はるか下には、金色に輝く広大な砂原が広がっていた。波のように盛りあがった砂丘が連々と続き、そのきらめきはあまりにも美しい。風は乾いており、太陽に熱せられた砂の匂いをまとっている。

初めて見る光景のはずなのに、シャンは懐かしいと感じた。

親方が言っていたとおり、大砂漠が自分の故郷なのだ。

身が震えるような喜びを覚えながら、シャンはマハーンを起こしにかかった。今すぐ、友と共にこの大砂漠を眺めたかったのだ。

## 5

少年達を乗せた小さな翼船（つばさぶね）は、そのまま雲すれすれの高さで飛び続け、日が暮れたあとも地上に下りることはなかった。

「夜の間に、できるだけ進みたいのです。運良くいい風も吹いているので、きっと明日の朝には我々の隠れ家に着くことができるでしょう」

大砂漠の砂を踏むことができず、マハーンもシャンも少々残念だった。それでも夜風を楽しみながら、固いパンと干し肉をかじった。

すでに全ては無明の闇に沈んでおり、空にはわずかな星があるばかり。だが、少年達の頭には昼間見た大砂漠の光景が今も鮮やかに焼きついていた。通り過ぎた青いオアシスや、大小様々な集落などを思い出しながら、マハーンは舟を操るラディンに尋ねた。

「大砂漠は本当に広いんですね。こうやってずっと飛び続けても、まだまだ目的の場所に着かない。この砂漠に果てはあるんですか？」

「もちろんあります」

辺りへの警戒を怠ることなく、ラディンはすぐに答えた。

「この小舟では、大砂漠の横断は三十日以上かかります。もっと大きく速い船であっても、二十日ほどかかるでしょう」

「そういう船に、ラディンさんは乗ったことがあるんですか？」

「ええ。色々な船に乗って、様々な都や国を行き来しました。石の都、鳥の都、仮面の国、馬の民の集落……。今はそのほとんどがサルジーンの手に落ちるか、あるいは滅ぼされるかしてしまいましたが」

苦々しげに、ラディンは下の暗闇を見つめた。

「サルジーンが王になるまで、大砂漠では無数の砂船が行き来し、空には威風堂々たる大きな翼船達が舞っていたものです。今はそのどちらも見られない。砂船のほとんどはサルジーンが押収し、我が物としてしまったのです。かつては果物やじゅうたんを運んでいた砂船は、今は武装した兵士達を乗せ、新しい血を流すために砂の上を走っている。……だが、やつが本当に欲したのは、翼船のほうでした」

「どうして？」

「サルジーンは、翼船の軍団を作ろうとしたのですよ。実現していたら、彼の支配はもっと一気に広がっていたでしょう。だが、そうはならなかった。ある者達が動いたからです。彼らの名は、赤いサソリ団」

シャンはどきりとした。

赤いサソリ団。聞いたことがある名だ。でも、どこで……ああ、そうだ。親方を殺した男達が、赤いサソリ団のことを忌々しげに口にしていたっけ。

だが、まずは話の続きを聞こうと、シャンは黙っていることにした。

一方、マハーンは初めて耳にする言葉に、首をかしげた。

「赤いサソリ団……。どこかの国の兵士達ですか？」

「いえ、もともとは稲妻狩人の集団です」

翼船を自在に操り、恐れることなく巨大な雷雲へと飛びこみ、稲妻を手に入れる稲妻狩人は、総じて勇敢で、誇り高いことで知られているのだという。彼らはまた戦闘にも慣れている。稲妻の横取りを狙う盗賊と何度となく戦ってきているからだ。

「赤いサソリ団は、その中でも大きな一派です。そして、他のどの狩人達よりも統率がとれている。その戦闘力は、優に一国の軍隊に匹敵するでしょう。それに加えて、彼らの首領がたいした男なのです。非常に目先が利く男で、サルジーンの狙いを先読みし、いち早く翼船の職人達を遠くに逃がしました。その上で、サルジーンが集めた翼船を全て焼き払ったのです」

翼船は灰と化し、新たな翼船を作らせようにも、職人達はいなくなってしまった。大砂漠への大規模な進軍の計画を邪魔され、当然ながらサルジーンは怒り狂い、赤いサソリ団とその首領の首に莫大な報奨金をかけたという。だが、いまだに赤いサソリ団の隠れ家すらつかめていないのだとか。

これは赤いサソリ団の機敏性もあるが、彼らに手を貸す者が多いせいでもあるだろう。表だってサルジーンに抵抗できない者達は、武器や食料、情報などをこっそり赤いサソリ団に流すことで、精一杯戦っているのだという。

ラディンの話を聞き、シャンは思わず胸が熱くなった。

きっと親方もそうだったのだ。武器を作っては、赤いサソリ団に渡していたに違いない。いつか、赤いサソリ団がサルジーンを倒してくれることを願って。もしかすると時々小屋にやってきたお客、あれが赤いサソリ団の者達ではないだろうか。

そう思うだけで、なにやら血がわきあがる気がした。

そしてマハーンはマハーンで、感銘を受けていた。

「そんなにたくさんの人達が……」

「はい。人々の、赤いサソリ団に対する期待はそれほど大きいのです。実際、彼らはどこの国よりも長く、激しくサルジーンにあらがっている。サルジーン軍の陣地を襲撃し、奴隷となった人人を解放したという話も、たびたび聞きます」

すごいことだと、マハーンは胸が高鳴った。

サルジーンと真っ向から戦っている者達がいる。たくさんの翼船に乗って、勇壮に大空を舞う戦士達の姿を思い浮かべるだけで、心が躍った。

だが、マハーンは一つ引っかかった。ラディンの声が醒めているのだ。赤いサソリ団の功績を称えながら、どこかそっけない口ぶりだ。

思わず率直に聞いてしまった。

「ラディンさんは、赤いサソリ団が嫌いなんですか?」

「……嫌いではありませんが、目障りではあります」

「ど、どうしてです？」

「そうだよ！」

それまで黙っていたシャンも声をあげた。

「サルジーンって悪いやつなんだろ？　その悪いやつと戦っているなら、赤いサソリ団はすごくいい人達だ。いっそ、仲間になってもらえばいいのに」

とんでもないと、ラディンは激しく吐き捨てた。

「その言葉、絶対に我々ダーイラムの前で言うんじゃないぞ、シャン。特に、我らの頭領の前ではな」

ラディンの剣幕に怯え、シャンは縮こまった。

シャンを庇うようにしながら、マハーンはラディンを困惑の目で見た。そのまなざしに、大きな男は小さくため息をついた。

「……確かに赤いサソリ団の連中は俊敏で勇敢です。奇襲を仕掛けて、サルジーンをあと一歩のところまで追いつめたことすらあります。でも、彼らはナルマーン人ではありません。流浪の民や混血、故郷を失った元奴隷などの寄せ集め。素性卑しい者どもなのです」

「でも……それを言うなら、ぼくだって混血だ」

「マ、マハーン様は違います。あなた様はナルマーン王家の血を受け継いだ方。断じて混血などではありません」

とにかくと、ラディンは強い口調で言った。

「サルジーンを倒した者が、次の王となる。すでにそういう風潮ができあがっています。赤いサソリ団に先を越されてしまったら、真のナルマーン王朝復活がまた遠ざかってしまう。おわかりください、マハーン様。サルジーンを倒すのは、ただ一人、あなた様でなくてはならないのです」

「ぼくが……サルジーンを倒す者……」

「そうです。そして一度あなた様が名乗りをあげれば、大砂漠中に散ったナルマーン人達があなた様のもとに集うでしょう。かのイシュトナール王朝の末裔が生きていた。今、サルジーンを倒すために立ちあがった。そう聞けば、希望を失っていた者達は勇気づけられ、老いも若きも武器を手にするに違いありません。かくて、あなた様は大軍を率いて、サルジーンを正々堂々と打ち破るのです」

ラディンの言葉は、甘美な欲望となってマハーンの心をかきたてた。

このぼくが……混血として蔑まれたぼくが、必要とされている。みんながぼくが王になることを願っている。なんて嬉しいことだろう。

きっとみんなの願いを叶えてみせると、マハーンは誓った。

一方、シャンは口を閉ざしていたものの、心の中ではまだ思っていた。

どう考えても、赤いサソリ団は強くて正しい。だから、やっぱり味方になってもらえばいいのに。そうすれば、マハーンが王様になるのだって、ずっと楽になるはずだ。

王になることがどういうことなのか、シャンはよくわかってはいなかった。だが、マハーンは王になりたいと思っている。ならば、それを支えたい。

それだけがシャンの想いだった。


翌日の夜明け近く、未来の王を乗せた小舟は、ゆっくりと地上へ降りていった。すでに、砂漠から夜の闇は遠ざかりつつあり、無限のごとく広がる砂の海と、その中に木の葉のように浮かんで見える都の姿をあらわにさせていた。

マハーンとシャンは息をつめて、その都を見つめた。二人とも、これほど大きな建造物は初めて見る。ざっと見積もっても、バヤルの町の二十倍はありそうだ。

石造りの塔や館がぎっしりと並び立ち、それらを高い城壁が円形に取り囲んでいる。かつては、固い守りを誇った都であったはずだ。だが、今やその城壁は半分が崩れ、押し寄せてきた砂にのまれていた。塔の先端しか見えなくなっている場所もある。

我慢できなくなって、マハーンはラディンを振り返った。

「あれはなんという都なんですか?」

名はないと、ラディンは静かに言った。

「大砂漠には、太古よりあまたの都や国が生まれ、栄え、そして滅びてきました。滅びた国や都の多くは砂にのみこまれ、名を忘れられてきた。ここもそのうちの一つです。ですが、調べてみたところ、ここの水脈はまだ生きていた。だから、我らダーイラムはここを拠点とすることにしたのです」

「それじゃ、ここが……」

「はい。まずは、我らダーイラムを束ねる頭領に会ってください。若くとも賢い人です。信頼に足る者です。今後は、彼があなたを導くでしょう」

言葉を続ける間も、ラディンは巧みな手さばきで翼船を下降させていく。そうして、滑るようにして、朽ちた寺院のような建物の中へと入っていったのだ。

建物の中はひんやりとしており、薄暗く、床は黄色の砂に覆われていた。壁にはめこまれたタイルもひび割れ、調度品などはいっさいない。あちこちに焦げ跡が残っているのは、都が滅んだときに、略奪が行われたという証拠だろう。

静まり返った建物には、どことなく死の気配が漂っており、少年達は身震いした。

だが、ラディンはすばやかった。小舟を部屋の奥まで進ませ、しっかりと柱にもやい綱をくくりつけたあと、少年達を連れて、階段を下りだした。

長い長い階段だった。どうやら地下深くまで続いているようだ。だが、空気は澱んではいなかったし、下の階層に行くにつれて、人の気配がちらほらとし始めた。ラディン達を見てはっと息をのむ気配、ぱたぱたと急いで走っていく足跡、息づかいなどが感じられる。

この朽ちた寺院の下層には、思いのほか多くの人間が暮らしているようだ。だが、ラディンは一度も立ち止まらず、誰かと言葉を交わそうともしなかった。

迷いなく進み続け、やがて小さな扉の前へとやってきた。

ここで初めて、ラディンは声をあげた。

「カーン様。ラディンです。我らが希望を連れてまいりました」

すぐさま扉が開き、背の高い人物が三人を出迎えた。

ラディンと同じほど堂々たる体つきで、より威厳あふれる風格の持ち主だった。そのなめらかな肌は漆黒に近く、顔つきは南方の民を彷彿とさせる。太い眉に大きくくっきりとした目、ふとやかな鼻に肉感的な唇。おおらかで頼もしげな風貌だ。

まだ二十代そこそこという見た目だが、明らかにただ者ではない。人の上に立つべき者だと、一目でわかる雰囲気をまとっている。

圧倒されているマハーンとシャンの前で、その人は嬉しげに微笑み、ラディンの肩に手を置いた。

「よく戻ってきたね、ラディン。我が兄弟よ」

「カーン様」

ラディンもまた笑顔を見せた。愛情のこもった笑顔だった。

「そして、こちらは……ああ、紹介されるまでもないね」

カーンと呼ばれた男は、うやうやしげにマハーンの前に膝をついた。

「お初にお目もじつかまつります。私はカーン。ダーイラムの頭領です。偉大なるイシュトナール大王の正当なる跡継ぎの君に、命をかけてお仕えいたします。ダーイラムの命、その名誉、全てが我が君のものです。どうぞ我らを道具として使い、生まれ持った権利と玉座をお取りください」
美しい声だった。耳に心地よく響く言葉だった。彼の言葉には真心がこもっている。そう感じ、少年はすぐにこの男が好きになった。

マハーンはまっすぐカーンを見返した。

「ぼくは……知らないことだらけです。だから、あなた達が教えてくれることをなんでも知りたいし、覚えたいと思っています。正直、ぼくが王様の血筋だとか、そういうのはよくわからないけれど……でも、どうせ王になるなら、あなた達が心から望んでいるようないい王様になりたい。そうなれるよう、どうかよろしくお願いします」

「もったいなきお言葉でございます」

少年の素直さを愛でるように、カーンは目を細めて微笑んだ。

「ああ、それにしても本当にイシュトナール大王に生き写しであらせられる。ラディンの鷹が、我が君を見つけたとの手紙を届けてきたのは昨日の朝。あれからずっと、お会いできるのを心待ちにしておりました。私だけではございません。ダーイラム全員が、何十年も前から切望していたことです。いずれ、今日という日は祝日と定められましょう。ところで……」

カーンはマハーンの横に立つシャンを見た。

「こちらはどなたですか？　失礼ながら、我が君のご兄弟には見えませんが」

「友達のシャンです。ぼくにとっては弟のような子です」

「ほう」

少し戸惑ったように、カーンはラディンに目をくれた。ラディンはすぐに答えた。

「マハーン様がどうしても一緒に連れて行きたいとおっしゃったのです。それにこの少年は、火を操る力を持っているようなのです。磨き、鍛えれば、きっと我らの戦力になるでしょう」

「ラディンがそう言うなら、間違いはないだろう。いいでしょう。そちらもダーイラムに迎えます。少年、名前は？」

力強い目で見下ろされ、シャンはどぎまぎしながら名乗った。

「シャ、シャン……」

「シャンか。古（いにしえ）の言葉で、新しい炎という意味だね。その赤い目にふさわしい名だ。さて、シャン。もうわかっているとは思うが、我々ダーイラムはマハーン様を王にするのが使命だ。君はマハーン様の友ということだが、マハーン様に仕え、その身をお守りし、至尊の玉座に就いていただくためのあらゆる努力をなす覚悟はあるか？」

「お、俺、難しいことはわかんない……でも、マハーンのためだったら、なんでもやるよ」

「シャン。マハーン様だ。もう呼び捨ては許されない。ここにいたければ、これまでのようにマハーン様に馴れ馴れしくしてはいけないよ」

厳しく言われ、シャンは怯えた。

呼び捨てはだめ？　馴れ馴れしくしてはいけない？　わからない。このままではマハーンが離れていってしまうような気がする。

恐れが心を満たし、体から火花がはじけそうになった。

だが、ここでマハーンが進みでた。マハーンはしっかりとしたまなざしでカーンを見つめた。

「カーンさん」

「どうぞ、カーンとお呼びください。我々はあなた様にお仕えする者。尊称はいりません」

「では、カーン。よく聞いてください。さっきも言ったとおり、このシャンはぼくの弟も同然なんです」

「しかし……」

「あなた達のような立派な人達がぼくを大事にしてくれるのは、ぼくが王家の末裔だからなのでしょう？　でも、このシャンは、ぼくが何者でもなかった時から、ぼくのそばにいてくれた。だから、決して離れたくないんです……あなた達に、ぼくは常に感謝と尊敬の気持ちを抱いていたい。でも、ぼく達を引き裂くような真似をする人には、心を許すことはできません」

少年の鉄の意志のこもった言葉に、カーンは折れた。

「わかりました。そこまでおっしゃるなら、マハーン様のお部屋に特別にシャンも寝起きさせましょう。部屋で二人きりで過ごす時は、今までどおりになさればよい。ただし、他の者達の前では、シャン、マハーン様に対して礼儀をわきまえなさい。いいね？」

「そのくらいなら……シャン、やってくれるよね？」

「うん。やる。やります……マハーン様」

「うわ、なんかシャンに言われると、照れくさいなぁ」

顔を赤らめるマハーンに、カーンは真顔で言った。

「これからは慣れていただかなくてはなりません。では、さっそくですが、マハーン様には私と一緒に来ていただきます。ダーイラムの面々にお引き合わせしたいと存じます。だが、シャン、君にはさらに地下に行ってもらうよ。君が特別な力を持っているというのなら、ぜひ会ってもらいたい相手がいるのだよ」

「………」

さっそく引き離されてしまうのかと、シャンはまたしても青ざめかけた。だが、そんな少年に、カーンはなだめるように声と顔を和らげた。

「大丈夫。夕食、それに寝る時間になれば、マハーン様と同じ部屋に戻れるから。約束するよ。私は約束は守る男だ」

「……わかった」

「いい子だ。では、マハーン様は私と共に。ラディン、シャンをヤジームのところに連れて行ってやってくれ」

「承知しました」

そうして、バヤルの町を発ってから初めて、少年達は離れ離れになった。

## 6

シャンは、ラディンに案内されるまま、さらに建物の地下へと足を運んだ。地底に潜るように、石階段が延々と続いたあと、ようやく平坦な空間へとたどりついた。

そこはもともとは修行者達の祈りの場であったのかもしれない。だが、壁画は薄れ、奥の聖像らしきものは崩れ、なんら意味を持たなくなってしまっている。

かわりに、奇怪な品々がこの部屋を埋めつくしていた。

本当に様々なものがあった。醜い泥人形や、禍々しい像があちこちにあった。獣の骨が山となって積まれているし、樽からは人間の指や耳らしきものがのぞいている。ろうそくには緑の炎が灯され、丸い水晶の壺の中では、得体の知れない虫が油漬けにされている。ぬめぬめとした蛙の生皮が剝いで干してある横には、何かの臓物を載せた皿が置いてある。ラクダを丸ごと煮られそうな大鍋が三つもあり、血文字が描かれた武器や鎧もあった。

とにかく、部屋全体にいやらしいほどの妖しさ、そしてむっとするような悪臭が満ちていた。

シャンはひるんだが、ラディンは動じることなく声を放った。

「ヤジーム。いないのか？」

ひょこりと、大鍋の陰から中年の男が顔を出した。

長いこと日に当たっていないのか、妙に青白い肌をしている。体も痩せていて、まるで病人のようだ。大きな目だけが異様な生気をはらんでいる。シャンが見たこともないほど長く髪を伸ばしており、そこに奇妙な形の護符や鈴をびっしり編みこんでいた。

尖ったあごを突き出すようにしながら、男はねっとりとラディンに笑いかけた。

「これはこれはラディン殿。勇敢で高潔なる副団長殿が、いったい、この卑しい僕になんのご用で？」

言葉はへつらっていても、声には毒と棘があった。

一方のラディンも、嫌悪を隠そうともしなかった。そっけなく伝えた。

「あんたに会わせたい少年を連れて来た。これから面倒を見てやってくれ」

「魔法使いに子守をせよと？」

「ただの子供ではない。火を操る力を持っている。あんたなら、この子に力の使い方を教えられるはずだ。カーン様の命令だ。しっかりとやってくれ」

厳しく言ったあと、ラディンはシャンに向き直った。

「この男はヤジーム。魔法使いだ。人間としては付き合いにくい相手だが、力は確かだ。色々と学ぶといい。夕食の時刻には迎えに来る」

それだけ言って、ラディンは階段をのぼっていってしまった。ヤジームは憎々しげにその後ろ姿を見送った。

「やれやれ。この私ががきのお守りか。ずいぶんなめられたものだ。くそ。こんなことなら、黒の都を出るのではなかった。まったく……」

その他にもあれこれ毒づいていたが、シャンの耳には届かなかった。

心臓がどきどきと音を立てて鳴りだしていた。マハーンと引き離され、今またラディンに見捨てられ、まったく見知らぬ男と二人きりにされた。しかも、到底好きになれそうにない男だ。

怯えるシャンの体から、ぱりぱりっと、金色の火花がこぼれだした。それを見て、ヤジームの目が妖しく光った。

「……おまえ、そのターバンをはずせ。髪を見せろ」

高圧的に命令され、シャンはますます怯えながらも言われたとおりにした。

解き放たれた炎のような髪を見て、ヤジームは唸った。

「なるほど。確かにおまえは火の力に愛されているようだ。だが、ただ愛されているだけでは意味がない。火を自在に操れて初めて、火の申し子と言えるのだ。……おまえのような、ただ力を生まれ持ってきただけというやつは、本当に腹が立つ」

ヤジームは妬ましげに唇をなめた。分厚い肉色の舌がべろりと動くのを見て、シャンは震えあがってしまった。今にもヤジームが自分に襲いかかってくるのではないかと思ったのだ。

だが、魔法使いは何もしなかった。忌々しげにシャンに背を向け、不機嫌そうに言った。

「私は忙しい。ここの連中に色々と頼まれ、作らねばならぬものが山とあるのだ。おまえにはその手伝いをしてもらおう。そのかわり、仕事の合間に、力の使い方を教えてやる。それでいいな？　それではまず、そこの壺に入れてあるヒルを裂け。ヒルがためこんだ血を、器に絞り出してもらおうか。それが終わったら、今度はうじ虫を集めてもらおう。……何をしている！　早くしないか！」

「は、はい」

シャンはあたふたと動きだした。


その夜、シャンはふたたびマハーンと会うことができた。

二人は、小さいが居心地よく整えられた部屋を与えられ、品数は少ないが美味な夕食をたらふく食べた。

そのあと、砂獅子の白い毛皮を敷いた寝台に寝転がり、お互い見聞きしてきたことを打ち明けあった。マハーンの顔は疲れていたが、目は興奮で輝いていた。

「ダーイラムの人達に会ってきたよ。みんな、強そうで、感じが良くて、いかにも勇者って雰囲気だった。いつでも戦えるように、すごく体を鍛えているんだって。ぼくも、明日から剣と馬を習うことになったよ。王として必要なことを、これから全部学ばなくてはならないんだって。言葉づかいや礼儀作法、下々の者への態度も、きちんとしなくてはならないって、カーンが言うんだ」

「マハーンならきっとできるよ」

「うん。やってみせるよ。絶対に弱音は吐かない。吐くとしても、それはシャンの前だけにするよ」

たとえ王になっても、シャンの前ではただのマハーンでいる。

そう言ってくれるマハーンの優しさが、シャンには嬉しかった。

「それで、そっちはどうだったんだい、シャン？」

「俺は……魔法使いの弟子になったみたい」

「魔法使い！　すごいじゃないか！」

「うーん。あんまりすごくないかも。師匠って、いじわるなんだ。ドルジ親方は厳しかったけど、いじわるじゃなかったから……俺、疲れた」

この半日、シャンはヤジームにこき使われ、ありとあらゆる気持ち悪いもの、悪臭ふんぷんたるものに手を突っこまされたのだ。しかも、その間、ずっとののしられていた。

ぼんくら。役立たず。少し力を持っているからと言って、思いあがるな。そんなこともできないのか、くずめ。

ヤジームの声は悪意に満ち、そののしりは止むことがなかった。おかげで、シャンは心も体もくたくたになってしまった。

シャンの話に、マハーンは目をつりあげた。

「そんなやつがいるなんて許せないな。よし。明日、カーンに言って、すぐに悪口を言わないようにさせるよ」

「ううん。いいよ。嫌なやつだけど、ちゃんと教えてほしいことは教えてくれたんだ」

わずかな時間ではあったが、ヤジームは精神の高め方を教えてくれた。

「おまえの力は火だ。だから、自分の体を一つの火だと考えろ。体が燃えていき、火に包まれるところを思い描け。勢いよく燃えさかった炎からは、火花が散るだろう？　その火花を、自分が望む場所目がけて飛ばせるようにしろ。ひたすらそうできるよう、願え。念じろ。全ては想いだ。心の渇望の強さが、力を操る」

自分を炎と考えるのは、シャンにはたやすかった。いつも見えない炎が自分を包み、優しく守ってくれているような気がするからだ。

が、その炎が小さく千切(ちぎ)れ、火花となって飛ぶさまを思い描くのは少し難しかった。火花は起こせるのだが、それを思いどおりに飛ばせない。

一方、ぱりぱりと、金や緋色(ひいろ)の火花に包まれるシャンを、ヤジームは無言で見ていた。やがて、しわがれた声で言った。

「まあ、そんなところだ。まずは時をかけずに火花を飛ばせるようになれ。時間のある時に、自力で鍛練(たんれん)しろ。最初は短い距離でいいが、だんだんと遠くまで飛ばせるようにしていけ。三十歩離れた場所まで飛ばせるようになったら、次のことを教えてやろう」

そう言って、シャンを解放してくれたのだ。

「だから、俺、火花は起こせるようになったんだよ。ほら、見て」

シャンはマハーンの前に手を差し出し、その上にかわいらしい青い火花を散らせてみせた。

「すごいじゃないか！　たった一日でこんなことができるようになるなんて。そのヤジームって魔法使いも、驚いていたんじゃないかい？」

「ううん。師匠は怒ったような顔をしてたから、たぶん、俺、あんまり上手じゃないんだと思う。でも、がんばるよ。絶対絶対、うまくやれるようにする」

それがマハーンのためになるのなら、石にかじりついてでもやりとげてやる。

シャンはそう決めていた。

そんなシャンが愛しくて、マハーンは赤い髪をくしゃくしゃと手でかき回した。

「ぼく達、きっとここでうまくやっていけるよ。ぼくは王として鍛練を積んで強くなる。そっちは火の魔法使いになるんだ。ぼくらの名はいずれ、大砂漠中に轟（とどろ）くことになるよ。それってすごいことなんだ。ああ、シャン。楽しみだよ」

「うん」

「さ、そろそろ寝よう。お互い、明日のために力を蓄えておかなくちゃね。おやすみ、シャン」

「うん。おやすみ、マハーン」

二人はすぐに眠りに落ちた。

シャンは炎とドルジ親方の夢を見た。

一方のマハーンはきらめく黄金色の夢を見た。夢の中に、わずらわしい母親は出てこなかった。

# 7

マハーンとシャンの、ダーイラムでの暮らしが始まった。二人の学ぶべきことはまったく違ったため、日中は顔を合わせることはなかった。

マハーンはカーンやラディンに付き添われ、大砂漠の歴史や地形、文化を学んだ。その他に剣や馬の乗り方、王としての作法や振る舞い方など、覚えるべきことは山ほどあった。

馬から振り落とされ、刃をつぶした剣でしたたかに打ちのめされて、体のあちこちが紫色に腫れあがることも多かったが、マハーンはその全てを受け入れた。

一方のシャンも、日々ヤジームの雑用に追われた。

蛇から毒を取り出し、蜘蛛(くも)や虫をすりつぶし、ぞっとするような汚れに覆われた床を毎日掃除した。

からからに干からびた死人の手を切り落とさせられ、それを小さな鍋でぐつぐつと煮させられたこともある。その時はさすがに気持ちが悪くなり、吐いてしまった。道具を汚したと、かんかんになったヤジームに蹴飛ばされ、頭に大きなこぶができた。

だが、そうしたことよりなにより、生贄(いけにえ)用の生き物を殺すことがシャンには一番つらかった。

小さな獣や鳥、トカゲ、虫。
食べるためではなく、魔法のために殺すということに、どうしても慣れなかった。そういうことがあった日は、否応なく心が落ちこんだ。だから夜にマハーンと過ごすことが余計に癒やしとなった。

夜ごと、少年達はその日あったこと、学んだことをお互いに教えあった。

「今日はラディンと剣の稽古をしたんだ。カーンも剣は使えるけど、一番強いのはラディンなんだって。全然勝てる気がしないよ。あいてて。体がアザだらけだ。シャンは？　何をやったんだい？」

「今日は砂鮫の鱗を剥いだよ。戦士用の甲冑に使うんだってさ。すごく固くて、大変だった。砂鮫はすごく貴重なものだから、鱗は一枚も無駄にするなって、師匠にがみがみわめかれた」

「砂鮫か。昔はあちこちで簡単に手に入ったそうだけどね。サルジーンが砂鮫の交易を禁止してから貴重になったとカーンが言っていたよ」

「なんで禁止したんだろ？」

「そりゃ、自分の兵士達以外の者に、砂鮫の甲冑を着てほしくないからだろうね。……今、サルジーンは大砂漠の三分の二を支配しているらしいよ。でも、もともとの故郷である都ナルマーンはもう捨てたんだって。今は侵略して手に入れたウバーン国を拠点にしているそうだよ。そこの王宮の地下には、サルジーンの命令で迷宮が作られ、恐ろしい化け物が放たれているんだって。サルジーンは、自分に従わなかった人間を、その化け物への生贄にするらしい。本当に恐ろしい男だと思わないかい？」

「うん。あ、生贄で思い出した。師匠は今日も儀式をやったんだ。生贄の鳥は、俺が殺した。魔法は、命を使うほど強いんだって。でも、もっともっといい生贄を使いたいって、いつも言うんだ。もっといい生贄って、なんだと思う？」

「さあ、魔法のことは、ぼくはわからないな。カーンが教えてくれるのは、全然違うことだからね。そうそう、大砂漠で一番サルジーンと戦っているのは、赤いサソリ団なんだって。どこの国よりもサルジーンに痛手を与えているそうだよ。今、まとまった翼船（つばさぶね）の船団を持っているのは彼らだけで、神出鬼没で現れるらしい。ほら、船を作れる職人達は赤いサソリ団が逃がしたって、ラディンも言ってただろ？」

「そのことなら師匠も言ってたよ。今、サルジーンは目の色を変えて、大砂漠に残っている翼船をかき集めようとしているんだってね。でも、船を持っている人達は、サルジーンに使われるくらいならって、自分達の手で船を燃やしてしまうんだって、言ってたよ」

「みんな、サルジーンが翼船を手に入れたらどんなことになるか、よく知っているってことだね。それにしても……赤いサソリ団に比べると、ダーイラムはまだたいした手柄は立てていないみたいだ。存在を知られないようにしているから、それも当然なんだけど。……ぼくらは決して赤いサソリ団に遅れをとってはいけないんだ。サルジーンを倒すのは、ぼくでなければならないんだよ、シャン。そう考えると、明日の弓の訓練も楽しみだな。ぼく、弓が一番好きだよ。上達したら、シャンにも教えてあげるから」

「うん。でも師匠が許してくれるかなぁ。魔法使いは武器は使わぬものだって、よく言ってるし。……明日はろうそくに火をつけたり、消したりする訓練をするよ。火をつけたり、大きくするのはだいぶうまくなってきたけど、やっぱり消すのは苦手だな。あと、びっくりしたり、怖がったりすると、体から火花が出ちゃうことがあって。自分の力を支配しろって、師匠にぶたれる」

「シャンをぶつなって、カーンからヤジームに言ってもらうよ。まったく、嫌なやつだね。あの目を見ると、ぼくはぞっとするよ。……ぞっとすると言えば、赤いサソリ団の首領は、銀色の髪を持つ異形（いぎょう）の大男なんだってさ」

「赤毛の俺が言うのもなんだけど、髪が銀色だなんて変わっているね。そんな年寄りってわけじゃないんだよね？　どこの部族？」

「わからない。ただカーンが言うには、凄腕の剣士で、しかもすごく頭がいいらしいよ。様々な人種をまとめあげ、従わせているんだって。しかも、猿小人（さるこびと）という種族が付き従っているそうだよ。もともと人嫌いな種族なのに、なぜかその首領には心を許し、彼の身を守るために、三百人もの戦士が密林から出てきて、行動を共にしているって話だ」

「猿小人の木乃伊（ミイラ）を、師匠が持ってるよ。子供みたいに小さいけど、それで大人なんだって言ってた。本当に猿みたいな顔で、手のひらまで黒い毛に覆われているんだよ。……小さくてもすごく強くて、敏捷（びんしょう）なんだって。猿小人一人で、人間の戦士五人分の働きをするんだって」

「五人分……ってことは、千五百人の戦士がいるのと同じってことだ。カーンが、赤いサソリ団は危険だ、目障（めざわ）りだと言うのも、なんだかわかる気がするよ。あ、そう言えば、赤いサソリ団には癒やしの巫女もいるんだって。首領の妻らしいんだけど、その涙で重傷者をまたたく間に癒やしてしまうらしいよ。だから赤いサソリ団の戦士達は、たとえひどい痛手を受けても、翌日にはぴんぴんしているんだって。これもサルジーンを悩ませていることの一つらしい。……ぼくらにもそういう癒やしの力を持った仲間がいてくれたらなぁ。シャン、炎の力の他に癒やしの術も使えるようになれるかい？」

「うーん。たぶん無理だと思う。癒やしの術はすごく難しいって、師匠は言っているよ。小さな傷を治すより、人を呪い殺すほうがずっと簡単なんだって。だからきっと、赤いサソリ団の癒やしの巫女は師匠なんかより何倍も力の強い魔女なんだと思うな」

マハーンの知識はそのままシャンのものとなり、シャンの学びはマハーンにも伝わった。情報をわかちあうことにより、二人の絆がより強まっていったのは言うまでもない。

時には、魔族や黒の都のことなども話題となった。

「ぼくらが取り戻そうとしているナルマーンってさ、もともとは魔法で築かれた都だったんだって。初代イシュトナール大王は、不思議な力で魔族を従えていて、彼らを使って、世にも美しい豊かな都を作り出したって。九十年くらい前に、彼らは突然いなくなって、イシュトナール王朝は滅びた。それでナルマーンは衰えてしまったそうだよ」

「魔族のことなら、師匠が教えてくれたよ。大地や大気や海の精気が集まって、そこから生まれてくる自然の子だって。すごい魔力を持っていて、姿も色々なやつがいるって。でも、人間の前にはめったに出てこないって言ってた。魔法を使って、無理矢理呼び出して捕まえないかぎり、その姿を見ることはできないだろうって。……イシュトナール大王は本当に魔族に命令なんかできたのかな？」

「本当らしいよ。今もナルマーンのあちこちに、その当時の壁画が残っているって、カーンが言っていた。そこには魔族の姿がいっぱい描かれているって。……早く都を取り戻して、それをこの目で見てみたいよ」

まだ見ぬナルマーンの都を思い、目を細めるマハーン。

一方、シャンは憂鬱げな顔となった。

「師匠は魔族をほしがってるよ。魔族が一匹いれば、その血や肉を使って、色々なものが作れるだろうって。魔法使いであれば、誰でも魔族を捕まえたいものだって、言っていた」

「魔法使いか。……そう言えば、サルジーンは、黒の都の魔法使い達と手を組んでいるそうだよ。黒の都のことは知ってるだろ？」

「うん。ジャナフ・マウト。魔法使いや死繰り人、棺や木乃伊を作る職人とかが住んでいる死の都。でも、二十五年前に地鳴りで半分に崩れて、住んでいた魔法使い達はだいぶ少なくなったってね」

「そう。その残った魔法使い達は今、サルジーンに庇護されているんだ。邪悪な魔法や呪術にふける代償として、魔法の武器や鎧をサルジーンに提供している。だから、やつの軍隊は、他の国とは比べものにならないほど強いんだって」

「師匠も、もともと黒の都の魔法使いだったって。よく言ってるよ。黒の都を追い出されなければば、もっといい暮らしができたのにって。えっと、なんだっけ。そう。権力争いに敗れたから、ダーイラムの仲間になったんだって」

「そう。……カーンもラディンも、じつはヤジームのことは嫌いみたいだよ。役に立ちそうだから、ダーイラムに入れただけだって。その性根は黒の都のうじ虫どもと、なんら変わりはないと思っている。はっきりそう言っていた。だから、シャン。ヤジームから色々学んで、でも絶対に彼の考えに染まらないようにしたほうがいいよ」

心配そうに助言してくる友に、シャンは笑った。

「それは絶対ないよ。だって俺、師匠のことは嫌いだから。師匠も俺のことが嫌いだし。だいたい、本当に大事な術や儀式の時は、いつも俺を閉め出すんだ。まあ、その間、自分の力を使う練習ができるから、俺は別にかまわないんだけど」

「それならいいけど」

「今日だって、ひどい目にあわされたんだ。師匠と一緒に砂漠に出たんだよ。術に使う死体を探しに。すごく熱くて、太陽の光で目がくらくらした。師匠はなかなか水豆をわけてくれないから、喉もひりひりして。おまけに、見つけた死体はものすごく臭かったんだ」

「……修行がつらいなら、やめていいよ？　やめさせてくれって、カーンに頼んであげようか？」

「大丈夫だよ。ここまで来たら、あんないじわる、どうってことないって。それに、俺、外に出るのは好きだよ。風があって、色々な匂いがして、生きてるって感じがする。地下にいると、体がじわじわ腐っていく気がするんだ。師匠の肌なんて、腐りかけの乳みたいな色になってるし。俺、あんな色にはなりたくないなぁ。どうせなら、カーンさんみたいに黒くなりたいよ」

「カーン……。カーンはすごい人だよ。頭がいいし、ものすごくみんなから信頼されている。サルジーンの動きを探るのも、他の国との秘密のやりとりも、みんな彼が仕切っているんだ。ああ、あんな見た目だけど、彼も立派なナルマーン人なんだよ。肌が黒いのは、おばあさんがイグロ人だったからだ。イグロ人って、みんな肌がぴかぴかするほど黒いんだって。あ、カーンとラディンは乳兄弟なんだってさ」

「乳兄弟って?」

「親が違っても、同じ乳を吸って育った子供達のことさ。血ではなく、心でつながった兄弟ってことだよ。……シャンとぼくみたいなものさ」

「……俺達、兄弟なんだね」

「そうだよ。でも、そのことは秘密だ。カーン達に知らせると、またうるさいことを言われてしまうかもしれないからね」

「それはごめんだね」

二人の少年は笑いあった。

そして、そうこうするうちに、あっという間に一年が経っていた。


ある夜、マハーンはしみじみとした口調でシャンに言った。

「だいぶ髪が伸びたね、シャン」

シャンの真っ赤な髪は背中の半分くらいにまで伸び、今ではたてがみのようにふさふさしている。邪魔にならないよう、後ろで一つに結ばなければならないほどだ。

「このまま伸ばし続けるのかい?」

「うん。師匠が、切っちゃだめって言うんだ。魔法使いの力は、髪に宿るものだからって。そのうち、俺も師匠みたいに、護符を編みこんで、毎日髪油を塗ったりしなくちゃいけなくなるみたい。面倒くさいよ」

「ははは。確かにそんな姿はちょっと思い浮かばないな。でも、この頃、修行もはかどっているんだろう?」

「うん。もうだいぶ炎を操れるようになってきた。火花を出すのも自由自在さ」

シャンは胸を張ってみせた。そのせいで師匠の嫌がらせがいっそうひどくなってきたことは、言わなかった。

一年経った今も、ヤジームはシャンをののしることを生きがいにしているようなところがあった。面倒で気色悪い仕事は全てシャンにやらせ、実際に儀式をやるところは決して見せない。自分が何をしているか、何を目的に術を行うか、それすら頑として教えようとしない。

しぶしぶ教えてくれるのが力の使い方の手ほどきで、それをシャンが会得するたびに、猛烈な嫉妬を燃やしてくる。

そう。嫉妬だ。

火の力を生まれ持っているシャンが、ヤジームはうらやましくてならないらしい。

そのことがわかってからというもの、シャンはヤジームに対して少し寛容になれるようになった。

好きか嫌いかで言うなら、ヤジームのことは嫌いだ。いまだに好きになれないし、これからもきっと無理だろう。だが、教えてくれることは全部飲み干したい。マハーンの役に立つために、もっともっと強くなりたい。

そのことしかシャンの頭にはなかった。

七つの火の玉を出現させ、空中を飛び回らせる赤毛の少年の姿を、マハーンはまぶしげに見つめた。

「最初に会った頃とは大違いだね。もうすっかり火の魔法使いだ」

そう言うマハーンだってずいぶん変わったと、シャンは思う。

この一年、体を鍛えてきたせいか、ぐっと背が伸び、たくましくなった。まだ十四歳だというのに、ほとんど大人と変わらず、風貌もぐっと落ち着きを増したため、十八と言っても通るだろう。シャンの前では少年らしさを隠さないが、それでも言葉遣いや物腰の端々に気品と落ち着きが備わってきている。まさに若獅子と呼ぶにふさわしい成長ぶりだ。

さらに、その素直で誠実な性格は誰からも愛された。マハーンがもうすっかりダーイラムの者達の心をつかんでいることを、シャンは知っていた。

我々が王と仰ぐお方が、マハーン様で本当によかった。

そういうささやきをどれほど聞いたことだろう。シャンにとっては自分のことを褒められるよりも嬉しく、誇らしかった。

マハーンは王になる。

それはすでに夢物語ではなく、刻々と現実味をおびてきているようであった。

実際、それから半年も経たぬうちに、マハーンは人前ではイシュトナール二世を名乗るようになった。

「カーンに言われたんだよ。マハーンは確かに王族の名だけど、国を復活させる者には少しふさわしくないって。だから、今日からイシュトナールと名前を変えることにした。でも、シャン、君にはこれまでどおり、ぼくをマハーンと呼んでほしいんだ。シャンの前では、ぼくはマハーンでいたいんだよ」

そう言った時のマハーンの顔は切なげだった。

シャンはその理由を知っていた。

数か月前の夜、マハーンは真っ青な顔でシャンに打ち明けてきたのだ。

「ぼくが住んでいた町が襲われた。バヤルが……。たぶん、サルジーンの手の者だろうって。……町は焼けて、生き残った人は一人もいないそうだよ」

それを聞いた時、シャンはすぐには言葉が出なかった。やっとのことでささやいた。

「バヤルに戻る?……お母さんをさが……」

「いや」

強い口調で、マハーンはシャンの言葉を遮った。

「今、ここを離れるわけにはいかないよ。近いうちに、ヨナ族の使者と会うことになっているし、各地に逃げのびたナルマーン人達を集めることになっている。……ぼくの居場所はここだ。バヤルじゃない。母さんも……きっとそう言うに決まってる」

「マハーン……」

「でも、シャン、ぼくは天地に誓う。バヤルにしたことの報いは、ぼくがこの手でサルジーンに返してやる」

マハーンの黒い目に涙はなく、ただ決意だけが燃えていた。

そしてその日以来、マハーンはいっそう武術の稽古に励むようになった。固くなっていたはずの手の皮がすりむけ、血膿が出ても、一日も休まない。歯を食いしばって剣を振り、弓を引き続ける姿は、自分の過去を振り捨てようとしているかのようだ。

実際、英雄王イシュトナール二世になるためには、それくらいの意気込みが必要なのだろう。そんなマハーンにとって、過去の自分も本当の名も、今は邪魔なものでしかない。

だが、消え失せてしまってはならないものだ。

それがわかっているからこそ、マハーンはシャンにはこれまでどおりの名を呼んでほしいと望んだのだ。

友の心を理解し、シャンは大きくうなずいた。

「俺、これからも二人だけの時はマハーンって呼ぶよ。今までどおりに」

マハーンは心底ほっとしたような和らいだ笑顔を浮かべた。

「ありがと……。シャン、これからもずっとそばにいてくれるよね？」

「もちろんだよ。俺もマハーンが王様になるのを見たい。なんだって手伝うよ。俺の力もどんどん使ってくれていいからね」

「うん。きっとシャンの力を頼る時が来ると思う」

そう遠い未来ではないと、マハーンは言った。

「今、カーンが人を集め始めているんだ。サルジーンによってナルマーンを追い出された人々を、呼び集めようとしている。それに、ナルマーン人ではないけれど、同盟者になってくれそうな人達はたくさんいる。サルジーンはあまりにも血を流しすぎたからね」

「………」

「そういう人達が一同に集えば、強大な戦力となる。それをまとめるのが、正当な権利を持つぼくというわけだ。実際、今日は南の都の使者と会ったよ。ぼくを見て、まさにナルマーンの若き王だと、うなずいていた。領主はきっと、ぼくへの協力を惜しまないだろうとも言っていた。こんな感じで、味方はこれからもどんどん増えていくだろうね。シャン。もうすぐだよ。もうすぐ、ぼくらは太陽の下に飛び出していくんだ」

「そうだよ！」

マハーンの興奮と意気込みが伝わり、シャンも勢いよくうなずいた。

「もうすぐ戦（いくさ）になるって、師匠も言ってた。だからマハーンのために特別な武器を作るって。どうやるかは知らないけど、今度は俺も手伝うことになるみたい。俺、一生懸命やるよ。マハーンが勝てるように、すごい武器を作るから」

「うん。シャンならやってくれるって、わかっているよ」

くしゃくしゃと頭をかき回され、シャンは子犬のように喜んだ。マハーンのためならなんでもする。なんでもできる。改めてそう思った。

だが……。

数日後、シャンは思い知ることになるのだ。

なんでもする、というのが、口で言うほど簡単なことではないのだということを。

## 8

その日、シャンが地下に行ってみると、ヤジームが待っていた。

こうして魔法使いの顔を見るのは久しぶりであった。七日以上も、ヤジームはずっと奥の部屋に閉じこもって、何かに没頭していたのだ。よくあることだし、ヤジームが姿を見せない間は自由に過ごせるので、シャンはそれをありがたいと思っていた。

ヤジームはひどく疲れているようだった。顔色はいつにも増して悪く、目の下には黒々としたくまがはりつき、頰はげっそりとこけている。だが、ぬめぬめと濡れた唇には勝ち誇った笑みが浮かんでいた。

「小僧か。いいところに来た。ついてこい」

いつものように舌で唇をなめまわしながら、ヤジームはシャンを手招いた。そして、これまで決してシャンを近づけなかった最奥の部屋へと連れこんだのだ。

そこは不気味な物、奇怪な品で満ちていた。シャンがいつも作業を手伝っている部屋にも、魔法に使う材料や道具が山ほどあるが、それらとは比べものにならないほど禍々(まがまが)しい気配にあふれた品々だ。

干した猿の首があった。

白いワニの木乃伊があった。

しなびた人間の手が縫いつけられた銀色の木がくねくねと動き、灰色の巨大な芋虫がうめき声をあげている。

大きな妊婦の人形もあったが、その膨らんだ腹には何か生き物を入れてあるのか、ぼこぼこと動いている。

見るも恐ろしげな棘だらけの武器や、黒い刃の円月刀、髑髏をかたどった兜なども、これ見よがしに置いてある。

そしてそこら中に血の臭いが染みついていた。よく見れば、壁や床は古い血痕だらけだ。赤茶色の飛沫は、天井にまで散っている。

いったい、この部屋ではどれほどの血が流されてきたのだろう？

「何をしてる、小僧！　さっさと歩かないか！」

ひるむシャンを叱りつけながら、ヤジームはずんずんと奥へ進んだ。

そこには、大きな丸い壺があった。大人を溺れさせられそうなほど大きく、深く、水晶でできているかのように透きとおっている。中には薄緑色の水が満たされ、そして不思議なものがいた。

シャンはあっけにとられてしまった。

壺の底には、緑青色の鱗をきらめかせた大蛇がとぐろを巻いていた。だが、その大蛇の長い胴体の先についているのは、人間の上半身であった。肌の色は銀色で、手も首もほっそりと長い。

顔も人間とよく似ていたが、その目は薄い水色で、魚のように丸かった。

　黒い髪を水草のようにゆらめかせながら、蛇とも人ともつかない生き物は身をすくませていた。大きな目からは泡のような涙がこぼれている。喉に黒い鉄の首輪がはめられ、鎖でつながれている姿は、胸が痛むものだった。

　衝撃を受けているシャンに、魔法使いは自慢げに言った。

「魔族だ。私が捕まえた。すごいだろう？」

「……魔族」

「前に教えてやっただろう？　人が魔法や術で作り出す化け物は異形と呼ぶが、自然界に生まれ出るものは魔族と呼ぶ。ま、とどのつまりが、化け物さ。だが、魔力を持つ生き物というものは、いい素材になる。犬や羊や馬、人間よりもな」

「…………」

「これも前に教えたはずだぞ？　かの赤の王サルジーンも、魔族から作り出した武具をまとっているのだ。黒の都の連中が、サルジーンに贈ったものだ。それに、サルジーンの作り物の右手。あの義手は魔道具だ。だから、恐ろしい膂力をサルジーンに与える。あれを切り落とすのは、同じ魔道具でなければ無理だろう」

　ヤジームが何を言いたいのか、シャンは理解した。

「マ……イシュトナール様に、同じような武具を作ろうと言うんですね？」

「そうだ。我らが若き王を守るため、そして戦で勝たせるためには、どうしたって魔族から作り出した魔法の品が必要なのだ。私はずっと、より優れた魔法具を作らんと研究してきた。そのために、七日かけて術でこの魔族を呼び寄せ、捕らえたのだ。まだ低級で力の弱い魔族だが、こいつの鱗は敵の矢を弾き飛ばす鎧になるだろう。その血で呪文を書きこんだ剣は、刃こぼれすることもなく敵を切り伏せていくだろうさ」

狂気に近い興奮に目を染めながら、ヤジームは唇をなめまわす。その肉色の舌のいやらしげな動きから、シャンは目を背けた。そうすると、否応なしに壺の中に閉じこめられた魔族の姿が目に入ってきた。

ヤジームから逃れようと、相当抵抗したのだろう。体のあちこちに傷ができている。鱗もところどころ剝がれ、白っぽい肉がのぞいているところが痛々しい。

なにより、魔族のまなざしがシャンを貫いた。

なぜ？　どうしてこんなことを？　放して。自由にして。ひどいことをしないで。

大粒の涙がこぼれるたびに、そんな悲鳴が聞こえてくるようだ。

だが、そんな魔族のうったえにもヤジームはいっさい慈悲がわかぬようだった。苛立たしげに、シャンを小突いた。

「ぐずぐずするな。さっさとこいつを水から出せ。そこの鎖を引け」

魔族を哀れむ気持ちを抑えつけ、シャンはのろのろと命令に従った。魔族にとりつけられた鎖を、滑車に巻きつけ、回しだした。

たちまち鎖はピンと張り、魔族は首輪を引っぱられ、か細い悲鳴をあげた。

「きぃぃぃっ！」

シャンは歯を食いしばり、魔族の苦しげな表情を見ないようにした。

ずるずると、魔族の体が壺から引き上げられ、やがてぬるんと床に転がった。嫌な臭気を放つ水をしたたらせる魔族は、すでに息も絶え絶えの様子であった。

だが、ヤジームは満足しなかった。シャンに、鉄粉をまぶした縄で魔族の両腕を縛らせ、蛇の体のほうは大きな万力(まんりき)のような道具でがっちりと固定させたのだ。

完全に動きを止めたあと、ヤジームは嬉々として魔族の銀色の肌に細い短刀を滑らせ、その血を小皿に集めだした。ぽたぽたとしたたる血は、ほんのりと青かった。

「いいぞ。いいぞ。すばらしい。おい、小僧。おまえは鱗を剝がしておけ」

「……う、鱗」

「そうだ。ええい、何を突っ立っている！　さっさとしろ。ああ、心配するな。少々鱗を剝ぎ取ったところで、魔族が死ぬはずもない。こちらも殺す気はない。こいつにはこの先ずっと、我々に血肉を提供していただく予定だからな」

魔法使いの顔にヒルの入った器をぶつけてやりたいと思いながら、シャンはまたしても命令に従おうとした。

だが、シャンの小さな短刀では、まるで歯が立たなかった。きんと、いい音を立てて、切っ先が弾かれてしまう。それほど鱗は固く、隙間なく重なりあっていた。

ほっとしながら、シャンは魔法使いに言った。

「剣がせない。無理です、師匠。固すぎる」

意外にも、ヤジームは「役立たず！」とはののしらなかった。

「ふむ。並みの刃物では役に立ちそうにないか。上出来だ。そういう固い鱗がほしかったところだからな。よし。これを使え」

しゅるっと、床を滑らせるようにして投げてよこしたのは、それまで血を採るのに使っていた短刀だった。柄は銀でできているが、細く短い刃は黒々とした金属だ。黒いのに、どことなく青みをおびていて、油を塗ったかのような照りがある。

それを見たとたん、ぞぞっと、シャンの肌は粟立った。理由のつかない嫌悪と恐怖を、その短刀に感じたのである。手に持つなどとんでもない。毒蛇を素手でつかむほうがまだましだ。

凍りついているシャンを、ヤジームは怒鳴りつけた。

「おい、何をやっているんだ？　時を無駄にするのか、能なしめ！」

「ご、ごめんなさい。でも、こ、この短剣がすごく……気味悪くて……」

「はっ！　気味悪いだと？　これは隕石で作った短剣だぞ？　魔族や魔物を殺すことができるありがたい物に、なんてことをほざく……ああ、そうか」

意地の悪い笑みが、ヤジームの顔に広がった。

「前から不思議に思っていたのだ。その目と髪の色といい、火の力を生まれ持っているところといい、おまえはどうも人間離れしているとな。だが、これでわかった。……おまえ、魔族だな」

「な、何を言うんですか、師匠！」

仰天するシャンに、ヤジームはねっとりとささやいた。

「隕石が怖いのだろう、小僧？　触ったら、手が腐るような気がするのだろう？　それは魔族の証だ。まあ、たぶん純血ではないな。人と魔族との間に生まれた子かもしれない。……だが、どちらにしろ、おまえの血はきっと役に立つ。うむ。これは思いがけない贈り物だ。小僧、こっちへ来い」

手招きするヤジームから、シャンは思わずあとずさりした。

その時だ。

死んだように動かなかった魔族が、いきなり身をくねらせた。束縛から逃れようと、激しく身もだえする。大きく振った頭が、横に立っていたヤジームを弾き飛ばした。魔法使いは無様に床に転がり、腹を押さえて悶絶した。

ヤジームがふたたび立ちあがったのは、しばらく経ってからだった。その顔は怒りで真っ赤になっていた。

まだのたうっている魔族を憎々しげに睨みつけ、ヤジームはシャンに命じた。

「おい。こいつの腕を片方、焼き切ってやれ！　そうすれば少しはおとなしくなるだろう」

「う、腕を？」

「かまわん！　やれと言ったらやるんだ！」

どくどくと、シャンの胸の奥で恐怖が脈打ちだした。

火を起こすのは、すでに息をするのと同じほど簡単になっていた。火をつけたい場所に目をやり、「燃えろ」と願えば、たちまちそれは叶えられる。生み出した火を大きく燃えあがらせるのも、今では自由自在だ。

だが、誰かを傷つけるために力を振るったことはない。

ドルジ親方を殺した男達、マハーンをいじめていた少年達に火を放ったことはあるが、あれは理性が飛んでいる状態だった。この美しくも不思議な生き物を、自分の意志で傷つけたくない。やりたくないという気持ちがこみあげ、息が苦しくなった。

青ざめる少年を、魔法使いは嘲った。

「何を怖じ気づいている？　こいつはただの化け物だぞ。それすら痛めつけられないというのか？　なんのための力だ、え？　いざという時に使えないで、それで王の役に立つとでも思っているのか？」

「…………」

「それとも、やっぱり同族は傷つけられないというわけか？　ふん、魔族だというのを認めるわけだな？」

「ち、違う。俺は人間だもの！」

「人間なら魔族の一匹や二匹、難なく殺せるはずだろうが！　ああ、もういい！　嫌なら引き下がれ。そのかわり、今日のことはイシュトナール様に伝えるからな。シャンは忠誠心に欠け、あなたのお役に立つことはありますまい、とな。おまえの正体も、ついでにお伝えしよう。イシュトナール様はおまえには甘いお方のようだが、カーン殿はそうはいかんぞ。得体の知れない魔族もどきを王のそばに置いておくわけにはいかないと、おまえを追い出しにかかるだろうさ。私としては、せいせいするがな」

かっと、目の前が真紅一色に染まったかに思えた。シャンの感情を表すかのように、火色の髪がざわざわと逆立っていく。

役立たずという言葉は、毒のようにシャンの全身を駆けめぐった。魔族の血を引いているかもしれないと言われたことさえ、あっという間に薄れた。

このままではここを追い出されてしまうかもしれない。そうなったら、マハーンに会えなくなる。マハーンはきっとがっかりするだろう。「シャンはぼくの役に立ってくれると言ったのに。あれは口だけだったのか」と。嫌だ。それだけは嫌だ。マハーンに見捨てられたくない。軽蔑も失望もされたくない。

追いつめられたシャンは、ついに魔族に向き直った。ほっそりとした左腕に目をつける。あれを焼き切る。手首のところで。肩や二の腕のところで焼き切るよりも、まだましのはずだ。

やれ！　やるんだ！

「はぁっ！」

気合いと共に、シャンは力を放った。金箔(きんぱく)をまぶしたように鮮やかにきらめく真紅の炎が生み出され、三日月形の刃となって、魔族に向かっていった。

狙いは外れようがなかった。一瞬で、魔族の細い手首は切り落とされているはずだったのだ。

だが、そうはならなかった。

獲物に触れそうになったまさにその瞬間、炎は突然、向きを変えたのだ。そのままの勢いと苛烈さを保ったまま、炎は魔族を避けるように右に曲がり、その先にあった水晶の壺へとぶち当たった。

魔族を閉じこめるのに使っていたほどの大壺は、一瞬にして砕けた。雷鳴のような音を立て、どっと水があふれだし、破片が四方へと飛び散る。そのあまりの激しさに、シャンはとっさにうずくまったほどだ。

三回息をしたあとで、ようやく我に返った。

怒られる。それはもう盛大に怒られるだろう。こんなしくじりは初めてだ。しかも、壺も割ってしまった。ヤジームはシャンを嫌というほどぶちのめし、今度こそ「こいつを弟子にはしておけない」と、カーンのところに怒鳴りこむに違いない。

だが、それにしては静かだ。ヤジームのわめきとののしりが聞こえてこない。

びくびくしながら、シャンはそっと顔をあげ、魔法使いのほうをうかがった。

「うっ……」

声が、息が、つまった。

ヤジームは仰向けに倒れていた。その腹と太股には、割れた壺の破片が深々と刺さっていた。床にはじわじわと赤いしみが広がりだしている。その光景は否応なくドルジ親方の最後を思い出させ、シャンは悲鳴をあげまいと、自分の口にこぶしをあてがわなければならなかった。

死んだ。ヤジームは死んでしまった。信じられないことだが、一目でわかる。あれはもう死体なのだと。

彼のことは嫌いだったが、目の前で死なれた衝撃はとてつもなく大きかった。しかも、その死の原因は、自分にあるのだ。

「お、お、俺の、せい……ああ、ど、ど、どうしよ」

なぜこうなった？　自分は確かに魔族を狙ったはずなのに。あんなふうに炎が言うことを聞かないなんて、初めてだ。しかも、よりにもよって大壺を破壊し、そのかけらがヤジームを貫くなんて。

シャンは呼吸ができなくなるほど怖くなった。

どうしてヤジームが死んだのか、みんなに話さなくてはならないだろう。でも、本当のことを言ったら、みんなはシャンを責めるだろう。貴重な魔法使いを失ったと怒り、シャンをダーイラムから追放するかもしれない。それはなによりも恐ろしかった。ふたたび一人になってしまうことが怖くてたまらない。

そうだと、シャンは正気を失いかけながら、魔族を見た。

この魔族に全ての罪を押しつけてしまえばいい。魔族が暴れ、ヤジームを殺した。そう言えばいいのだ。さらに、今ここで魔族を倒しておけば、今回のしくじりは誰にも知られることはない。殺せ。魔族を殺せ。今ならまだ取り返しがつくのだから。

殺意をみなぎらせ、少年はよろめきながら魔族に近づいた。

自分の失敗をなんとかして隠したい。誰からも、特にマハーンから失望されたくない。その思いはあまりにも強く、今ならどんな残虐なことでもできる気がした。

近づいてきた少年を、魔族は絶望の目で見ていた。

澄み渡った青空のような瞳。ひどく美しく、無垢（むく）そのものだ。悲しみと恐怖にわななく唇は、子供のようだ。

「ああ……」

華奢（きゃしゃ）な体つきも、堂々たる蛇の体のほうも、どちらもシャンは美しいと思った。

息の根を止めるつもりで近づいたのに、気づいたら、シャンは魔族の体を解放しにかかっていた。胴体をはさみこんでいた道具をはずし、両腕を縛る縄も切ってやった。

魔族は暴れなかった。身をまかせているというより、驚愕で体がかたまってしまっているようだった。

そんな魔族の顔をのぞきこみ、シャンは泣きそうな声でささやいた。

「一人で、に、逃げられる？」

魚のように丸い目に、ふいに力強い生気がみなぎった。

こくりとうなずくなり、魔族は思いがけないほどのすばやさで床を這い、奥にあった井戸へと身を躍らせた。長い体がのみこまれるようにして消えていき、やがてかすかな水音が聞こえてきた。

シャンはようやく息をついた。

やってしまった。正しくないことをやってしまった。これからどうなってしまうだろう。

だが、いつまでもここに隠れているわけにもいかない。

「マハーン……ごめん。ごめんよ」

魔法使いが死んだことを伝えるため、シャンはのろのろと階段をのぼりだした。

# 9

「なんたることだ」

縮みあがっている赤毛の少年の前で、ダーイラムの頭領カーンはうめくようにつぶやいた。魔法使いヤジームの死の知らせは、カーンに大きな痛手を与えたのである。

嘘のつけないシャンは、全てを語り終えたあと、泣きながら謝った。

「ご、ご、ごめんなさい。俺、わ、わざとじゃ……ごめんなさい」

わびの言葉を繰り返すシャンに対し、カーンは冷ややかに言葉を返した。

「謝ってもどうにもならないことはある。ともかくだ。力を制御できない君を、このままイシュトナール様のおそばに置いておくわけにはいかないな」

ぎゃっと、シャンは飛びあがり、それから蛙のように這いつくばった。

「お、追い出さないで！　俺、なんでもする！　今度こそなんでもするから！」

「そういう言葉は軽々しく使うものではないよ。君だってわかっているだろう」

「ごめんなさい！　でも、今度こそ、俺、なんでもやるから！　お願いだから、マハーンの、イ、イシュトナール様のそばにいさせて！　ど、どこにも行きたくないよ！」

泣きじゃくる少年を、カーンは感情のない目で見下ろしていた。だが、ふいにかすかな笑みを浮かべたのだ。

カーンはシャンの前にかがみこみ、ぐっと和らいだ声で言った。

「シャン、君はだいぶ炎を扱えるようになったと聞く。その威力はたいしたものだと、ヤジームは言っていた。前に、砂獅子(すなじし)の頭を吹き飛ばしたというが、本当かい？」

「う、うん。師匠と砂漠に出て、死体探しをしてたら、きゅ、急に襲いかかってきて……だから、しかたなく……」

「ということは、やろうと思えば、人の命も奪えるということだね？」

シャンは石榴石(ざくろいし)よりも赤い目を丸くした。カーンが何を言っているのか、よくのみこめなかったのだ。

カーンはさらに深みのある声で続けた。

「君が我々に与えた損失は、君が考えている以上に大きいのだよ。ヤジームは様々な希望の頼みの綱だったからね。だが、君は償(つぐな)いたいと言う。だから、君に一つ機会をあげよう。ヤジームの命への償いとして、別の人物の命を奪ってもらいたいのだ」

「お、俺……俺……」

「心配しなくていい。罪なき人を殺せと言うのではないから。君に始末してもらいたいのは、イシュトナール様の邪魔になる男だよ」

すぐにシャンの頭に思い浮かんだのは、赤の王サルジーンであった。

「サ、サルジーン？」

「いやいや、違うとも。あの男は、イシュトナール様の獲物だ。イシュトナール様だけに、あの男の首をはねる権利がある。だが、その権利を盗もうと、虎視眈々と狙っている者がいる。シャン、君に倒してもらいたいのは、その男だ」

　この時点で、シャンは誰のことを言っているのかを理解した。

「……赤いサソリ団」

「君は勘働きが鋭いね。そのとおりだ。赤いサソリ団の首領が、じつに厄介でね。名実共に、大砂漠に一大勢力を築きかけている。やつらはよく統率がとれているし、なによりたくさんの翼船を所有している。そして、首領がまた強いのだ。他の者ならいざ知らず、あの男なら本当にサルジーンの首をとってしまうかもしれない」

「そうなったらマハ……イシュトナール様は？」

「邪悪な王を倒せなかったという不名誉を背負ったまま、ナルマーンの玉座に就くことになるだろう。だが、力を伴わない若い王に、人々が素直に従うとは思えない。その統治はかなり難しいものになるだろう。それに、下手をすると、サルジーンを討った赤いサソリ団の首領が、王になろうとするかもしれない。どちらにしても危険なことだ。そうならぬよう、今のうちに手を打っておきたい。言っている意味はわかるね？」

「……うん」

「それでは、私に力を貸してくれるかい？　イシュトナール様のために」

それは、シャンにとっては魔法の言葉だった。たちまち、体に力がみなぎるのを感じた。

「うん。俺、やるよ」

「よし。では聞いてくれ。私のつかんだ情報によると、赤いサソリ団の船が数隻、五日後の夜にアハブのオアシスにやってくるそうだ。奴隷市で買った子供達を、辺境に逃がすためにね。その子達にまぎれこんで、赤いサソリ団の内部を探ってくれ。彼らの根城がわかれば重畳。そしてもし、首領とまみえることがあったら……そのあとのことは言わなくてもわかるね？」

「わかる。……やるよ。俺、絶対やりとげてみせる」

そう繰り返す少年に、カーンはにっこりと笑いかけた。

「よくぞ言った。それでこそダーイラムの一員だ。イシュトナール様もお喜びになるだろう」

「そ、そうかな？」

「そうだとも。さて、君が狙うべき首領は、肌が白く、月のような銀色の髪を持つ大男だそうだ。ぎょっとするほど恐ろしい顔をしているというから、一目でわかるだろう。その男らしき者を見つけたら、念のため右手を見てみるといい」

「右手を？」

「そうだ。その男には右手がなく、銀の義手をはめているそうだから。……名はタスラン。いいかい？　タスランだ」

「タスラン……タスラン……」

教えられた名を、シャンは何度も口の中で転がした。唱えるごとに、体の奥で炎が燃えあがる気がした。

邪魔者。マハーンの邪魔をする憎いやつ。倒さなくてはだめだ。そいつがサルジーンを倒す前に、第二のサルジーンとなる前に。

目をきらめかせる少年を、カーンは満足げに見つめていた。少年の決意、高まる殺意が手に取るようにわかり、心地よかった。

「よし。では、行きなさい。アハブのオアシスまでは、ここから三日ほどの距離だ。君の足では、あるいは四日ほどかかるかもしれない。怪しまれないよう、君一人で行ってもらわなくてはならない。地図を書いてあげるから、持って行きなさい。それから、食料室で五日分の食べ物を用意してもらうといい。荷ができたら、すぐに出かけなさい。ちょうどいいことに、もうじき日暮れだ。夜の砂漠のほうが、歩きやすいだろう」

「あの……行く前に、イシュトナール様に会っていってはだめ？」

「だめだよ。これは秘密の任務なんだ。イシュトナール様にも教えてはいけない。……忘れてはいけないよ、シャン。これは名誉ある役目だが、罰でもあるんだ。今は自分のしくじりを挽回することだけを考えなさい」

「わ、わかった」

きゅっと顔をひきしめ、少年は部屋から出ていった。

それと入れ違うようにして、奥の垂れ幕の後ろからラディンが音もなく現れた。ずっと二人の会話を聞いていた男の顔は、少し苦かった。

「……本当に行かせてしまうのですか、カーン様？」

「ああ、そうだ。わかっているだろう？　こんな機会は逃せない。あの子にはここにいてほしくないと、私は何度も言ったはずだ」

「…………」

「シャンは、あの少年の過去の残滓だ。あの子を見るたびに、彼は自分の過去を思い出してしまう。彼自身はそれを楽しみ懐かしんでいるようだが、じつに好もしくないことだ。骨の髄まで、生まれながらの君主たる存在になってもらわなければ、私が困る。……私は何か間違ったことを言っているか？」

「……いいえ。ですが、いきなり友人がいなくなったと知ったら、彼は驚き悲しむでしょう。せっかくのやる気を失ってしまうのでは？」

「その心配はないさ。シャンはあなたのために旅立ったのです。そのあなたが気力を失ったら、シャンに顔向けできないのではありませんか。そう言えば、鍛練を怠るような真似はしないだろう。まじめな子だからな」

　ふと真顔になり、カーンは自分の乳兄弟を見た。

「おまえは、彼のことをどう思う？」

　少し考えたあと、ラディンは言葉を選ぶように、ゆっくり答えた。

「年の割に力が強く、背も高い。いずれ、あなたと変わらぬほどの背丈になるでしょう。それに……みなから愛される素質を持っていますね」

「彼はどこから見ても生粋のナルマーン人に見えるからな。私と違って」

「カーン様……」

「すまない。こんなつまらないことを言っている暇などなかったな」

自嘲的な笑みをさっとかき消し、カーンはふたたび頭領の顔となった。

「とにかくだ。シャンはもともとここに来るべきでなかった存在だ。しかも、力を暴走させ、こともあろうにヤジームを死なせた。速やかにここから去ってもらうのが一番だ」

「……シャンに依頼した件、本当にうまくいくとお思いですか?」

「いや、九割方だめだろう」

カーンはあっさり言った。

「いくら特殊な力があるからと言って、あんな子供にやすやすと首をとられるような男ではないよ、赤いサソリ団の首領は。だいたい、あの子がアハブのオアシスまでたどりつけるかどうかも怪しいね。だが……万が一でも役目を果たしてくれたら、このうえもない喜びだ。あの子が死ぬ前に、少しでも我々の役に立ってくれることを祈ろう」

「そうですね。それから、新しい魔法使いを見つけないと」

「そうだな。ヤジームの研究を引き継ぎ、完成させてくれるはぐれ者の魔法使い……見つけるのは手間取りそうだな」

「見つけますよ、必ず」

「信じているとも、我が兄弟」

ラディンのたくましい肩を親しげに叩き、カーンはイシュトナールのもとに向かうことにした。シャンが旅立ったことを、麗しい言葉に包んで伝えなくてならない。唯一の友がそばからいなくなったと知った時、始祖王そっくりのあの美しい少年はどんな顔をするだろう。

それを見るのが少し楽しみだった。

# 10

東の空が明るくなってくるのを見て、シャンは足を止めた。

とたん、がくんと膝が崩れた。それほど疲れていたのだ。

砂に埋もれた都、ダーイラムの隠れ家を出てから、三日が経っていた。

この三日間、夜はほとんど休むことなく足を動かしてきた。歩きながら水を飲み、干し肉を噛み、教えられた星と目印を探して、はてしない砂の海を進んだ。

砂は重く、足をもつれさせ、疲れさせた。夜の冷たい空気もこたえた。

なにより、マハーンが恋しかった。この苦しい旅も、マハーンが一緒であれば、胸躍るような冒険となっただろうに。

「マハーン……どうしてるかな？　俺のこと、怒ってないかな？」

そのことだけが気がかりだった。

だが、そうこうするうちにも、太陽が昇り始めた。日が昇りきる前にと、シャンは大急ぎで食事をした。干した硬いパンをかじり、水豆を口の中に放りこむ。この水豆は、しゃぶると驚くほどの水分がしみでてくる。独特の酸味があるが、大砂漠ではなくてはならないものだ。

あっという間に一粒をしゃぶりつくしてしまった。もう一粒を口に入れたあと、シャンは疲れた体に鞭打って、砂丘の斜面に穴を掘り、身を沈めた。

砂は徐々に熱く、息苦しくなってきた。だが、砂トカゲの皮で作ったマントを体に巻きつければ、ひんやりとした心地よい冷たさに包まれた。顔も、同じ砂トカゲの皮で作った頭巾ですっぽりと覆い、シャンは目をつぶった。口に入れた水豆をゆっくりと舌で転がせば、あふれてくる水が体のすみずみに広がっていくのが感じられた。

今日はこれでしのげそうだと、ようやくほっとした。

日中にむやみに動き回れば、たちまち体力を失ってしまうと、シャンは知っていた。魔法使いの弟子として、もう何度となく砂漠を歩かされ、気味の悪いものを採集するのを手伝わされたからだ。時には数日に渡ることもあり、つらくて苦しいだけの採集が、シャンは大嫌いだった。

だが、皮肉なことに、その時にヤジームから教わった知識が、今、こうして役に立っている。星を見て方角を知る方法も、砂丘に穴を掘って休む方法も、ヤジームが教えてくれたことだ。この知識が身についていなかったら、出発してから一日ももたなかっただろう。

そうわかっていても、ヤジームを懐かしむことはできなかった。ただただ申し訳ないと思うだけだ。

ヤジームのことを思い出すと、必然的にあの悲惨な死にざま、あっけにとられたような死に顔がまぶたの裏に浮かびあがってくる。

「何も考えるな。今夜のために、今はとにかく休まないと」

そう思うのだが、シャンはなかなか寝つけなかった。この三日間、ずっとそうだ。眠ろうとすればするほど、頭が冴えて、正体不明の恐怖に苛(さいな)まれる。ろくに眠れていないのに、夜間は歩き続けるのだ。疲労はたまっていく一方だった。今では自分の体が老人のように重く古びたものになってしまった気がする。

ヴォーン！

どこか遠くから獣(けもの)の鳴き声が聞こえ、シャンはびくりとした。

そう。これも眠れない原因だった。大砂漠には危険な生き物も山ほどいるのだ。いずれも血に飢えており、シャンのように一人で砂漠を渡る人間は恰好の獲物だ。

昨夜は砂狼の群れに目をつけられた。ひたひたと、黄色く光る目が執念深く追いかけてくるのを見た時は、生きた心地がしなかった。

追い払うため、大量の火の玉を作り出し、砂狼どもに投げつけた。熱い火の粉もふきあげ、まきちらした。その甲斐あって、ようやくあきらめてくれたのだ。火の力を持っていてよかったと、この時ばかりは心から思ったものだ。

しかし、大砂漠にいるかぎり、気を抜くことはできない。

負けるものかと、シャンは歯を食いしばった。

タスラン。タスラン。タスラン。

狙うべき敵の名前を、祈りのごとく唱えた。

タスランは獲物だ。沼地で捕まえた蛙(かえる)や魚のように、自分が食らうものだ。人間とは思わない。

思ったら殺せない。マハーンのために、必ず仕留めてみせる。タスラン。タスラン。タスラン。

そうこうするうちに、ようやく眠りがやってきた。

だが、結局、シャンは夜まで眠ることはできなかった。マントの中に毒虫が入りこみ、腕に思い切り噛みついてきたのである。


はあはあと、シャンは荒い息をつきながら歩いていた。

毒虫に噛まれた左腕がじくじくと熱をはらんでいた。ちょっと動かすだけで鈍い痛みが走る。傷口から毒を吸い出し、軟膏（なんこう）を塗りつけたが、それでも少し体に巡ってしまったようだ。腕だけでなく、体の節々も痛み始めている。

死ぬことはないだろう。だが、気絶してしまうかもしれない。そうなったら、砂漠の獣達がここぞとばかりにやってくるに違いない。だめだ。倒れるな。気をしっかり持て。オアシスに行くんだ。明日は五日目。赤いサソリ団が現れる前に、なんとしてもオアシスにたどりついておかないと。

だが、もう一歩踏み出したところで、シャンは暗闇を踏みつけた気がした。体がひゅっと落ちていき、そのまま何も見えなくなった。

次に目を覚ました時、シャンがまず感じたのはひんやりとした手だった。誰かが優しくシャンの額を撫でてくれていた。

「だ、誰？」

横を向くと、自分よりも年上の少女がいた。

目と目が合うと、少女はほっとしたように笑った。

「よかった。気がついたのね。ね、この子、目を覚ましたよ！」

その声を聞きつけ、たちまち人が集まってきた。

シャンを取り囲んだのは、みんな子供だった。五歳くらいから十二歳くらいの、少年少女達。

興味津々の目で見つめられ、シャンは縮こまった。

なんだ、これ？　砂漠を渡る隊商にでも救われた？　でも、子供しかいないし、みんなぼろぼろの身なりをしている。

わけがわからなかった。

と、子供らをかきわけるようにして、一人の若者が姿を現した。

ここにいる誰よりも年長のようだが、それでも十七歳くらいだろうか。他の子よりはましな身なりで、ふさふさとした黒い髪で覆われた頭に緑の布を巻いている。濃い褐色の肌、溌剌(はつらつ)とした茶色の目が印象的な顔立ちだ。が、その頬は丸く、まるで妊婦のように腹が出ていた。

太った若者は親しげにシャンに笑いかけてきた。

「よう。だいぶ顔色がよくなったじゃないか。毒虫に噛まれたところも、もう痛くないだろ？」

言われてみれば、もう腕を動かしても平気だった。こくりとうなずくシャンに、若者はゼンと名乗った。

「それで、おまえは？　どうして一人で砂漠にいたんだ？」

「お、俺はシャン……に、逃げてきた……」

「誰から？」

「………」

「そう怖がるなって。俺達もそうなんだ。恐ろしいやつから逃げてきて、これからもっと遠くまで逃げるつもりさ」

「遠くまでって……どうやって？」

「迎えが来るんだよ。おまえ、翼船(つばさぶね)って知ってるかい？　空飛ぶ船だ。それに、俺達はこれから乗るのさ」

シャンははっとした。

逃げてきた。翼船。もっと遠くへ。

全てが一つにまとまった。

この子達がそうなのだ。赤いサソリ団によって助けだされる予定の子供達だ。こうして出会えるなんて、なんて幸運だったのだろう。だが、この先どうやって同行させてもらおうか。なんとか頼んで、一緒に連れて行ってもらえないものだろうか。

だが、シャンが頼む必要はなかった。それより早くゼンが言ったのだ。

「シャンも誰かから逃げているって言うし、よかったら、俺達と一緒に行くかい？」

「行く！　つ、連れてって！」

「ははは。よしよし。それじゃ一緒に行こうな。迎えが来るのは、明日の夜なんだ。それまでここでのんびりしていこうぜ」

「ここ?」

「ここはオアシスだ。アハブのオアシスってところさ。感謝してくれよな。気絶したおまえを背負って、ここまで運んでやったのは、この俺なんだから」

人の良さそうなゼンに、シャンは心から感謝した。

これで赤いサソリ団の内部に潜りこめる。カーンの話によると、赤いサソリ団は仲間になりたいと望む者を決して拒まないという。迎えに来た船に乗ってから頼むとしよう。自分を仲間に入れてくれと。そして、首領タスランに会う。その心臓目がけて、炎の槍を放つのだ。

完璧だと、シャンはほくそえんだ。

そのあとは、何食わぬ顔をして、他の子供達にまじってオアシスの水を飲み、実っていた果実に舌鼓(したつづみ)を打った。

過酷な大砂漠を歩いてきた者にとって、オアシスはまさしく癒やしの園であった。灼熱の太陽も緑の木陰に遮(さえぎ)られ、こんこんと湧き出る泉の水は甘露(かんろ)としか言いようがない。たき火を起こせば、毒虫や獣の襲撃も恐れなくていい。

なにより、まわりに人がいることが、シャンは純粋に嬉しかった。

話を聞いてみると、みんな奴隷だということだった。奴隷市でゼンにまとめて買い取られ、どこに連れて行かれるのかと怯えていたところ、「おまえ達を逃がしてやる」と、言われたのだという。

シャンは思わず尋ねた。

「ゼンって、何者なの？」

「赤いサソリ団に頼まれて、私達を買ったって言っていたわ。とにかくよかった。サルジーン王の手先に買われていたら……今頃迷宮に入れられていたと思うもの」

ぞっとしたように、子供達が身を震わせた。

「迷宮って？」

「サルジーン王が作ったのよ。迷路になっている牢獄。退屈になると、王は子供達を迷宮に放って、それを追いかけて遊ぶのよ。追いつかれた子供は、もちろん殺される。でも、なんとか逃げきっても、結局は飢え死にしてしまう。……迷宮にあるのは死だけなのよ」

しんとその場が静まり返った。シャンも声が出なかった。サルジーンへの恐怖が空気に満ちる。

だが、ゼンが立ちあがり、明るい声で重い雰囲気を追い払った。

「ほらほら、おまえ達。そんな怖い話をしてたら、夜眠れなくなるからよせって。大丈夫だよ。おまえ達は迷宮になんか絶対入らない。このまま空を飛んで、遠くの安全な土地に行くんだから。ほら、パンだ。みんな一つずつだぞ」

「ありがと、ゼン」

「ゼン、おいらにもおくれ」

「わかってるって。慌てなくても、全員分あるからな」

ゼンは本当に面倒見がよかった。赤いサソリ団に頼まれたからというが、子供達を心から気づかっているようだ。

他の子達と同様、シャンもゼンのことが好きになった。年の離れた兄貴ができたようで、心強い。ダーイラムのカーンやラディンも頼もしかったが、彼らには甘えられるような隙はなかった。ゼンの親しみやすさはむしろマハーンのようで、シャンはいっそう好きだと思った。

もちろん、いくら親しみを覚えたからと言って、本来の役目のことを忘れはしない。無事に赤いサソリ団に潜りこむために、シャンは逃亡者になりきることにした。どこから来たのと、他の子達から聞かれた時も、適当な嘘をついた。

「遠くからだよ。ごめん。町の名前は言えない。でも……あそこには二度と戻りたくないんだ。みんなにずっといじめられて……俺は目と髪が赤くて、不吉だって……」

うなだれてみせたところ、がしがしと頭を撫でられた。撫でてきたのはゼンだった。

「そんなこと、気にすることはないぜ。おまえの髪も目も、とてもきれいじゃないか。それに、世界は広いんだ。ここでは珍しい髪や目の色も、他の土地では当たり前のものかもしれない。赤いサソリ団を見たら、おまえもそれがわかるよ。なにしろ、あちこちの民が集まっているからな。おまえの赤毛なんて、まるで目立たないって」

ゼンの言葉はシャンの心に響いた。思わず本音を返してしまった。

「ありがと。きれいって言ってくれたの、ゼンで二人目だ」

「そうかい。俺の他にも見る目のあるやつがいたってことだな。とにかく、赤いサソリ団が来るのを楽しみにしてなよ。きっと目から鱗(うろこ)が落ちるぜ」

「うん」

「そら、もっと火にあたれよ。干したナツメヤシでも食うかい？」

「うん。ありがと」

火にあたり、甘いナツメヤシを噛みしめながら、シャンは数日ぶりに安堵と幸せを味わった。

あとは赤いサソリ団が来てくれれば完璧だ。彼らの到着が待ち遠しくてならなかった。

子供達はそれぞれ未来を語り合い、心地よいオアシスでの時間を楽しんだ。

そして、丸一日が過ぎ、待ち望んだ五日目の夜が来た。

その夜、子供達は誰一人眠らず、目を皿のようにして空を見ていた。息を潜め、何か聞こえないかと、耳を澄まし続けた。

だが、一晩中待っていたにも関わらず、赤いサソリ団は姿を現さなかった。

白々と明けてきた空を、子供達は落胆の目で見つめた。

どういうこと？

どうして誰も来ないの？

空飛ぶ船は？

どうして？

不安げなささやきが広がる中、みんなの視線は自然とゼンへと集まった。

ゼンだけは平然とした顔をしていた。その表情からは親しみや優しさがかき消えており、まるで別人のように見えた。

「こりゃだめみたいだな。しかたないか。……みんな、ごめんな」

静かにわびたあと、ゼンは懐から細い角笛を取り出し、思いきり吹き鳴らした。ファーンと、深く響く音が広がった。

子供達は目を瞠った。ゼンが何を考えて角笛を吹いたのか、まるでわからなかったのだ。

だが、理由を尋ねようと、誰かが口を開くよりも早く、ざざざっと、砂をこするような音が近づいてきた。それも一つや二つではない。四方八方から聞こえてくるではないか。

何十匹もの大蛇が這い寄ってくる様が頭に浮かび、シャンはぞっとした。だが、恐怖よりも好奇心のほうが勝った。

シャンは身を翻し、何が起きているのか確かめようと、オアシスの外へと走った。他の子達もあとに続いた。

オアシスの端まで来たところで、シャンは足を止めた。止めたというより、動かせなくなったというのが正しいだろう。

小さなオアシスは、今やたくさんの船に取り囲まれていた。

間違っても赤いサソリ団ではなさそうだった。船は全部砂の上にあり、浮かんでいるもの、空を飛んでいるものは一隻たりとも見当たらない。

それに、船に乗っているのは屈強な男達で、手に黒弓、あるいは長い槍を持ち、そろいの黒い甲冑をまとっている。甲冑には、血のように赤い豹の紋章が刻まれていた。

軍隊というものを目の当たりにしているのだと、シャンが理解した時、船から二十人ほど男達が下りてきた。彼らの重たい足音が、砂を伝わって、こちらの足先に届く。がちゃがちゃと、甲冑が立てる音に、子供達は縮みあがった。

シャンもあとずさり、どうしたら逃げられるだろうかと必死で考えた。と、その横をすうっと抜けるようにして、ゼンが前に進みでた。

ゼンは卑屈な物腰で、近づいてくる男達の前にひざまずいた。

やってきた男達のうち、先頭に立っていた男が口を開いた。

「やつらは現れなかったか」

「はい。どうやらこちらの罠に勘づいたようでして」

「ふん。下劣などぶねずみどもめ。こういうことにだけは鼻がきくと見える。じつに残念だ。せっかくの包囲網が無駄になってしまった。……陛下はきっとご機嫌を損ねよう。おまえ、ゼンと言ったな。今回は報償は望めまいぞ。密告は、それが役立って初めて価値があるからな」

ゼンは顔色を変え、さらに這いつくばりながら必死の口調で言いつのった。

「で、ですが、まだ子供達がおりますよ、はい。ほら、生きのよい子達ばかり。きっと、陛下のいい気晴らしになるかと。こ、この子達で陛下のお気持ちを和らげられませんかねぇ？」

「……そうだな。最近子供が少なくなってきていたから、陛下は喜ばれるかもしれん。では、連れて行くとしよう。せめてもの手土産としてな」

「お、俺も一緒に連れて行ってもらえませんか？　もしかしたら、大王様からちょっとくらい褒美をいただけるかもしれないですし」

「ふん。その見込みは薄いが、まあ、勝手にするがいい。おい。子供達を船に乗せろ」

「はっ！」

命令を受け、後ろに控えていた男達が動きだした。

子供達は悲鳴をあげ、オアシスの奥へと逃げこもうとした。だが、ゼンがすばやく身を翻し、前に立ちふさがってきた。

「おいおい、どこに行くんだ？　聞いただろう？　おまえ達全員、これから船に乗るんだ。お行儀よくしろよ。逃げたり騒いだりは御法度だ。そんな無作法は許されない。さあ、死にたくなかったら、おとなしくこの方々と船に乗るこった」

「ど、どこへ行くの？」

「王都サルジバットさ。サルジーン大王がおまえ達をもてなしてくださるぞ」

サルジーン。

その名は、逃げようとした子供達の力を奪った。気力と希望が一気に萎え、へなへなとへたりこむ子すらいた。

シャンは信じられない思いで、ゼンを見つめた。

人の良さそうな若者の仮面をかなぐり捨て、卑しくさもしげな本性をさらけだしたゼン。その鋭い目を見ているうちに、ようやくわかってきた。

ゼンは密告者であり、サルジーンの協力者なのだ。

奴隷の子供達を市場から連れ出すよう、赤いサソリ団から依頼されたのは本当だろう。その情報を、ゼンはサルジーンに売ったのだ。サルジーンは軍を遣わし、アハブのオアシスに包囲網を築いた。やってきた赤いサソリ団を捕らえるために。

だが、どういうわけか、赤いサソリ団は約束の夜に来なかった。だから、ゼンはあきらめ、正体を明らかにしたわけだ。そしてもう一度、子供達を裏切った。サルジーンへの貢ぎ物にして、自分はなんとか恩賞をもらおうと企んでいる。

ゼン！

シャンは怒りで火を噴きそうになった。慕った分だけ、わき起こった憎しみは大きかった。

だが、飛びかかろうとしたところで、大きな手がえり首をつかんできた。

火を生み出す隙もなく、シャンは頭に一撃を食らい、そのまま気を失った。

## 11

シャンが目を覚ました時、最初に目に入ってきたのは薄暗く狭苦しい空間と、悪臭を放つ用足し用の樽、そしてすすり泣く子供達の姿だった。

十六人の子供達は誰一人逃げることもできず、二隻の砂船の船倉に押しこめられたのだという。オアシスではあれほど顔を輝かせていた子供達だったのに、今は死んだような顔色をしていた。

「あ、あたし達、もうだめよ」

「迷宮に入れられちまうんだ」

「父ちゃん……母ちゃん……」

だが、シャンは泣かなかった。泣くより嘆くより、この先どうしたらいいかを、必死で考えた。

最初は火を起こして、船の横っ腹に穴を開け、そこから逃げようかとも思った。

が、ふと思いついた。このまま捕まっていたほうがいいのではないかと。

赤いサソリ団に入り、首領に近づき、その命を頂戴する。その任務はもはや不可能になってしまった。だから、かわりの手柄を立てなければ。そうしなければ、ダーイラムの隠れ家には戻れない。マハーンのもとに帰れない。

ゼンの話から考えるに、自分達はサルジーンのところに連れて行かれるようだ。もしかしたら、サルジーンに会うことさえできるかもしれない。

三十歩だと、シャンはぎゅっとこぶしを握りしめた。

シャンの炎はおよそ三十歩先まで届く。これがシャンの間合いだ。この範囲内に敵がいれば、まず逃がさない。

殺しはしない。それはマハーンの役目だ。でも、サルジーンを弱らせておくくらいは許されるだろう。なんと言っても、サルジーンは強力だ。あまたの魔法具で常に身を守り、異常な膂力(りょりょく)を誇り、人間離れした残忍さを持つという。その男の力を、マハーンのために少しでも削(そ)いでおきたい。

できることなら、サルジーンと一緒にゼンも焼いてしまいたいと、シャンは思った。あの裏切りは許せない。機会があるなら、必ずあの若者に報いを受けさせてやる。

こんなに誰かを憎んだのは、ドルジ親方が死んだ時以来だ。感情が高ぶるあまり、火花が散ってしまわないよう、シャンは目を閉じ、ひたすらじっとしていた。

まわりにいる子供達のことはあえて考えないことにした。

サルジーンに火を放つことができたら、きっと大混乱となる。その隙に乗じて、この子達が無事に逃げられればいい。

そう願うのが精一杯だった。

そのまま長い間、シャン達は狭い船倉に閉じこめられていた。サルジーンの部下達は、子供らを弱らせるつもりはないのだろう。日に二回、きちんと水と食べ物を与えてくれた。だが、外に出してくれることはなかった。

　こちらを見る男達の感情のない目に、シャンはぞっとした。家畜に餌をやるのと同じ目をしていると感じたのだ。彼らは自分達を気づかってくれるが、それはあくまで世話をしているだけであり、これから料理するために肥えさせているにすぎない。

　こんな冷酷なやつらの上に君臨しているサルジーンとは、いったいどれほど恐ろしい男なのだろうか。

　考えるだけでも震えがこみあげてきた。

　他の子達も同じ思いなのだろう。すでに泣く子は少なくなっていた。そのかわり、お互いに言葉を交わすこともなくなっていた。みんな、恐怖を少しでも忘れようと、眠りの中に逃げこむことにつとめていた。

　そうして七回の食事が与えられたあと、ようやく砂船（すなぶね）が動きを止めた。

がたんと、天井につけられた落とし戸が開かれ、武装した男達がおりてきた。彼らの手に、水やパンはなかった。

「おりろ。着いたぞ」

　その命令に従う子はいなかった。従いたくても、体が恐怖で動かなかったのだ。

　だが、男達は頓着しなかった。それぞれ子供を二人ずつ抱え上げ、軽々と外へと運び出していった。外には車輪のついた大きな檻（おり）が待っており、子供達は全員そこへ放りこまれた。

扉が閉められると、がくんと、檻は動きだした。檻につながれていた二頭の馬に、鞭がくれられたのだ。

そうして、兵士達に囲まれ、囚われの子供達は狩りの獲物のように大きな都へと連れこまれていった。

本当に大きな都だった。ダーイラムが潜んでいる都の、さらに数倍はありそうだ。立派な建物が多く、大通りの道幅も広い。

だが、人の数は少なく、ざわめきや笑い声はもっと少なかった。住民達の顔全てに怯えがはりついている。ちりちりするような恐怖と遠慮の匂いを、シャンは嗅ぎ取った。

檻の中の子供達を見て、恐ろしげに顔を背ける者はいたが、助けようとしてくれる者、そのそぶりを見せた者はいなかった。王の兵士とことを構えるつもりはさらさらないようだ。

この都の人々はみんな小さく萎縮している。態度だけでなく、魂まで、サルジーンにすりとられ、矮小になってしまっているようだ。

そんなことを考えながら、シャンは哀れな虜囚になりきり、情けない顔をし続けた。

長い長い大通りは、やがてゆるやかな登り坂となり、その坂を登り切ったところに、宮殿がそびえたっていた。

あきれるほどに巨大なものだった。一面に金と朱と紅のタイルがはめこんであり、日の光を受けてぎらぎらと輝いている。美しさよりも、むしろ醜悪さが目立つ趣向だ。壁や塔から突き出た棘のような装飾も、金で葺かれた玉葱のような形の屋根も、どこか下品だ。そしていたるところで、黒地に赤い豹の旗が翻っていた。

悪辣王サルジーンの牙城、カガンマハルが、今や目の前に迫ってきていた。

その刺々しい大門をくぐったあとは、檻は人の手で運ばれることになった。鞭の跡も生々しい奴隷達に引っぱられ、檻はゆっくりと宮殿の内部へと入っていく。

静かだ。

シャンはまずそう思った。

たくさんの人間がいるはずなのに、宮殿内は奇妙に静まり返っていた。人の姿は見かけるのに、気配がしないのだ。みんな息を殺し、目立たないように気をつけているかに見えた。ささやき以上の声は聞こえない。

あちこちの出窓から光が差しこみ、それが届かぬ場所には大きく燃える松明やろうそくが置いてあるというのに、全てがよどんで見えた。まるで霧の中に閉じこめられた死神の住まいのように不気味だ。

シャンのまわりで、祈りの言葉を唱える子供が増えていった。そのか細い声は、どんどん宮殿の奥へと吸いとられていくかに思えた。

胸が悪くなるような赤と黒の斑模様の大理石の廊下を延々と進んだあと、ついにシャン達は大きな広間へと到着した。その広間の最奥には、奇怪な玉座が据えてあった。

美しく磨かれた純銀製にもかかわらず、それに清らかさはかけらも見当たらなかった。というのも、悶え苦しむ亡者の姿が様々に折り重なり、屈折し、椅子の形を作り出しているのだ。

地獄の臭いをまきちらすかのような玉座。その上に退屈そうに座っている男がいた。

これまでシャンが見た中で、疑いなく一番大きな男だった。しかも、ただ大きいだけでなく、恐ろしくたくましい。太い首、盛りあがった肩、厚い胸板は、見ているだけで圧倒された。

そのたくましい体軀を包むのは、赤い甲冑（かっちゅう）だ。紅玉（こうぎょく）を熔かして染め上げたかのように赤く、てらてらと照りを放っている。一面に彫りこまれている装飾は、全て人間の髑髏（どくろ）だ。

そして、玉座の横には人間の背丈ほどもある大刀が抜き身のまま立てかけられていた。長さもさることながら、幅もすさまじく、橋がわりにして歩けそうなほどだ。鈍色（にびいろ）に光っており、赤い刃紋がさざ波のように幾重にも刻みこまれている。普通の人間では持ちあげることもかなわないような代物だが、これがこの男の愛刀であることは疑いようがなかった。

だが、ど肝を抜くような刀や甲冑や玉座よりも、男自身が不気味だった。

顔立ちは、若い頃はさぞ端整であったことだろう。しわも白髪も少ないため、今でも十分に魅力的だと言えなくもない。だが、その唇に浮かぶ酷薄さ、目に宿る残忍さが全てを台無しにしていた。

その目にしても、生身なのは右側だけだ。左側には濁（にご）った黄色の猫目石がはめこまれており、じっとりとした光を放っている。

また、右腕も欠けており、異様なほど大きく黒い義手をつけていた。毒竜からもぎ取ってきたのかと思わせるような義手だった。黒い鱗（うろこ）で覆われ、長すぎる指の先にはこれまた長い爪が生えている。

見るのもぞっとするような手は、作り物のはずだった。だが血が通っているかのように動き、玉のようなものを器用に弄(もてあそ)んでいる。実際に男の体から生えているかのようだ。銀の亡者達を尻に敷いた隻眼隻腕(せきがんせきわん)の男の姿は、まさしく地獄の魔神そのものだった。

「サ、サ、サルジーン……」

誰かが泣きそうな声でつぶやいた。

蚊の鳴くような声だったにもかかわらず、それは玉座まで届いたらしい。

男は玉を弄ぶのをやめ、顔をあげてこちらを見た。

かつて、ナルマーンと呼ばれた都の将軍から、今や大砂漠の覇者になろうとしている男、サルジーン。噂が正しければ、今年五十になるはずだが、とてもそうは見えない。肌は張りがあり、肉体には無駄な贅肉(ぜいにく)はいっさいない。三十半ばと言っても通るのではないだろうか。冠はかぶっておらず、頭を飾るのは荒々しく伸ばした黒髪だけだ。

緊張した面持ちで、シャン達を連れてきた戦士が前に進みでた。

「陛下。黒豹軍のハジム、ただいま御前に戻りました」

「首尾は？」

サルジーンの言葉は短かった。だが、その声は人の恐怖をかきたてるものだった。感情というものが感じられないのだ。

同じことが、そのまなざしにも言えた。人間らしさのかわりに、気だるげな闇と狂気をはらんでいる。生身の群青(ぐんじょう)色の瞳より、はめこまれた猫目石のほうがよほど温かみがあるとはどういうことだろうか。

シャンは体が凍りつくのを感じた。

なんだ、これは？　怖い。すごく怖い。

目的のことも、一瞬で頭から吹き飛んでしまった。体の芯でいつも燃えている火の力も、しゅんと、萎縮してしまい、小さな火花一つ起こせない。

今のシャンはただの無力な子供にすぎず、目の前にいるのは化け物だった。

その化け物に対し、ハジムは言葉をつかえさせながらも報告を述べた。それは半分以上が弁明に近かった。命令どおりに三日前からアハブのオアシスの周囲に網を張り、赤いサソリ団を待ち構えていたこと。準備は完璧であったし、包囲網も蟻の子一匹逃がさぬものであったこと。

だが、話の途中で、サルジーンは部下の言葉を遮った。

「もうよい。つまりは、作戦は失敗したのであろう？」

「は、はい。まことに、も、申し訳ございません。この挽回は、か、必ずいたしますゆえ」

「当然だ。……実のところ、あまり落胆はしておらぬ。おまえごときではあの男を捕らえるのは無理だと、わかっていたからな。タスランめ。あの男はどこまでも予を苛立たせてくれる。だが、手ごわい獣のほうが、狩り甲斐があるというものだ。……ところで、ハジム、おまえがしくじったことに変わりはないと思うが、違うか？」

「へ、陛下……」

ハジムの顔から、一気に血の気が引いた。

どうしてくれようかと、サルジーンはどこか楽しげに部下を見下ろした。

「わびとして何を差し出す？　目か？　耳か？　指でもよいぞ。ふふ。何をそれほど驚いた顔をする？　予を喜ばせるもの、楽しませるものを持たぬまま謁見に臨むような不届き者を、予がどのように遇するかは知っていように」

そう言いながら、サルジーンは手に持っていた玉をハジムに投げてよこした。玉が床を転がる音は、少し湿っていた。

シャン、そして子供達はようやく気づいた。それが人間の目玉であることに。

自分の横まで転がってきた目玉を見ないようにしながら、ハジムはさらに深々と頭を下げた。

「お、恐れながら、陛下、なんの手土産もなしと思われるのは心外でございます。このハジムは忠実な臣として、いつも陛下にお喜びいただきたいと、それればかりを願っている者でございますれば」

「追従は好かぬ。しくじりの代償として、そこの子供らを連れて来たと、さっさと言えばよい」

「はっ！　ご名答でございます。これなる子供らはみな健康で、陛下のお望みに叶う者らであるかと思いまする」

「ふむ」

サルジーンの視線が初めて子供達をねめあげた。それは獲物を見る目だった。見られただけなのに、シャンは「食われる！」とおののいた。獅子（しし）に息を吹きかけられたかのように、気絶する子もいた。

怯える子供達の恐怖をじっくり味わったあと、サルジーンはようやく笑みめいたものを浮かべた。

「よかろう。毛色の変わった者もいるし、なかなか楽しめそうだ。今回はおまえを許してやろう」

「あ、ありがとうございます！」

ぼたぼたと汗をたらしながら、ハジムはほっと息をついた。そんなハジムから、興味を失ったようにサルジーンは目をそらした。

「いつものように、迷宮の番人どもに子供らを引き渡しておけ」

「かしこまりました。あ……」

「なんだ？」

「陛下、密告した者が褒美をほしがっているのですが、いかがいたしましょう？」

「図々しいやつがいたものだ。予の欲したものを渡しもせずに、代金だけねだるというのか。……予がそやつに与えられるのはただ一つだ。わかるな、ハジム？」

「はっ。では、御心のままに。……迷宮でよろしいですか？」

「よいぞ。そやつはまだ若いと聞いた。十分に動き回ってくれよう。そやつの身を調べる必要はないぞ。武器を持っているなら、それはそれで楽しめよう」

にやりと、サルジーンは歯を見せて笑った。猛獣のごとき笑みに、また数人の子供が気を失った。

なんであれ、これだけははっきりしていた。自分達はサルジーンのおもちゃにされるのだ。この王の遊びは、血と痛みと死に満ちたものになるだろう。

気を失った子供達を、シャンはうらやましく思った。少なくともこの子達は、今は恐怖の届かぬところにいるのだから。

# 12

ウバーン国。

大砂漠の中でも、珍しくも砂ではなく、土と岩の領土を多く持ち、スイカやイチジクや石榴など、果物がふんだんに採れる豊かな国として知られていた。その王国の要と言える王宮ソールバールは、その雅な姿からウバーン人の誇りであり、自慢の種であった。

だが、それもサルジーンに攻め落とされるまでの話だ。

イナゴの大群のように来襲したサルジーン軍は、たった二日でウバーン国を滅ぼした。赤の王の異名を見せつけるがごとく、サルジーンはこの国を血と炎で染め上げた。王家はことごとく殺され、美しいソールバールも破壊された。今では一郭が残っているのみである。

にも関わらず、なぜかサルジーンはその一郭を丸々自分の住まいと定めた。ウバーン国の名を王都サルジバットと改め、新たな宮殿カガンマハルを建てたあとも、夜は廃墟となったソールバールで過ごすのだ。

住まいとする前に、サルジーンは多くのウバーン人をソールバールに連れて行った。だが、破損した王宮を修理するためではなく、その地下を掘り広げさせるためであった。大量の土が運び出され、かわりに石が運びこまれた。

そうして地下に巨大な迷宮が作られたのだ。

迷宮のことはすぐに人々の耳に届くようになった。


ここには恐ろしい魔物が放たれている。

いや、その魔物とはサルジーン王自身のことなのだ。

餌は人間。その証拠に、あそこに連れて行かれた人間は生きては戻らない。

石工達も、ウバーン人達も、あれきり姿を見せないではないか。

いや、あそこは処刑場なのだ。不興を買った家来や反逆者は、みんな迷宮に閉じこめられ、世にも残酷な死を迎えることになる。

地下に築かれたのは、きっと闇の神殿だ。サルジーンが信仰する邪悪な神への供物として、人間が連れこまれているに違いない。特に子供が好まれるそうではないか。


様々な噂が飛びかう中で、一つだけ確かなことがあった。迷宮造りに駆り出されたウバーン人が、誰一人戻らなかったことだ。

サルジーン、そして地下に蜘蛛(くも)の巣のごとく張り巡らされているという迷宮を、人々はいっそう恐れるようになった。恐れは強まることはあっても、薄れることは決してなかった。ゆえに、好奇心に駆られて迷宮の謎を明らかにしようとする者も、一人としていなかったのである。

迷宮などない。この小高い山の上には、かつての王宮の残骸があるのみ。

そう思いこむほうが楽であった。

その夜、サルジーン王は一人馬を走らせ、カガンマハルからソールバールのある山を登った。王を出迎えたのは、喉元に太い首輪をはめた奴隷達だった。男も女もいるが、全員髪をそり落としてあり、陰気な灰色の衣を身につけている。彼らは音もなく王の前にひざまずくだけで、何か出迎えの言葉を口にすることはなかった。

それもそのはず、ここにいるのは耳を蠟でつぶされ、舌を切り取られた者達ばかりなのだ。彼らから秘密が漏れる心配はない。またここでなら、サルジーンが何を言おうと叫ぼうと自由だ。

王は大股で奥へと進み、かつて玉座が据えてあった大広間へと入った。

大広間の石の床の中央には、馬車が落ちてしまいそうなほど大きな丸い大穴が空いていた。明らかにあとからうがたれ、作り出された穴だ。相当深いようで、のぞきこんでも黒々とした闇しか見えない。

その穴の上には、鉄製の鳥籠のようなものが太い鎖で吊り下げられ、ゆらゆらとかすかに揺れていた。鳥籠の中には、ぼろぼろの生き物がいた。

人間の男らしき生き物だった。長いひげと伸び放題の髪はほとんど白く、痩せた体は自分でひっかいたとおぼしき傷とかさぶたで覆われている。身につけているのは腰布だけで、それも汚物で茶色く汚れている。

理性を失った目をし、鳥籠の中に敷かれた藁の上で、ぺちゃぺちゃと何かをしゃぶっている姿は、哀れを通り越して、恐ろしかった。

だが、王はまったくひるむことなく鳥籠へと近づいていった。その顔には嬉しそうな楽しそうな笑みがあった。

一方、サルジーンを認めるなり、鳥籠の中の男はかっと目を見開いた。

「あ、あお、おお、おおおおおっ！　ぎぎぎっ！」

言葉にならぬうめき声をあげ、男は怯えた子犬のように藁の中に体を隠そうとした。だが、少ない藁ではそれもかなわない。

頭を抱え、這いつくばって震えている男の前へと回りこみ、サルジーンは甘ったるく声をかけた。

「毎度毎度、その態度はないだろう？　仮にも乳兄弟ではないか。昔のように笑いかけてくれればよいものを。……ふふふ。よかった。まだ言葉を忘れたわけではないのだな。ああ、わかるぞ。おまえのことならなんでもお見通しだからな。正気を失っても、完全ではないのだろう？　時々我に返る時が一番つらいのではないかな？」

「うお、あああ……」

「ふふふ。気の毒だが、そのかすかな正気はぜひとも手放さないでもらいたいな。そうでないと、おまえをこうして飼っている楽しみが半減してしまう」

おうおうと、鳥籠の男が泣きじゃくりだした。涙と一緒に顔についた汚れが落ちていく。そのみすぼらしい惨めな姿が、サルジーンにとっては胸がすくほど滑稽（こっけい）に見える。

「さあさあ、もう泣くな。今夜はまたおまえを楽しませてやるから」

いっそ優しいとさえ言える声で、サルジーンは話しかけた。

「またよい獲物が手に入ったのだ。今夜は十六、いや、十七人だ」

「ひ、いいいぃぃ……」

「……十七人の悲鳴をおまえに捧げよう。そうだ。今回は珍しい色の瞳を持った子供がいた。その両目をえぐりだして、おまえのところに持ってきてやる。腐り落ちるまで、目玉はおまえの話し相手になってくれようさ」

「うぶぶ、ぎぎぎぃ」

泡をふき始めた男から目をそらし、サルジーンは奥に控えている奴隷達に合図を送った。奴隷達はすぐさま動きだした。大きな滑車（かっしゃ）を動かし、巻いてあった鎖を伸ばしていく。たちまちのうちに、鳥籠が下の大穴へと下り始めた。

「ぎぎ！　ぎえええええっ！」

怪鳥のように男が叫んだが、その叫びはすぐに穴の暗闇へとのみこまれていった。

それを見届け、サルジーンは踵（きびす）を返した。狩りの支度をしなければならなかったからだ。

# 13

玉座の間から連れ出されたシャン達は、いったん王宮の外へ出た。そのまままた長い道を進み、やがて別の丘の上に建つ建物へと到着した。

それは廃墟としか言いようのない無残な姿をしていた。石の壁や塔は大半が崩され、あちこちに、真っ黒な焼け跡がくっきりと残っている。だが、もともとは先ほどの王宮と変わらぬほど大きな建物であったはずだ。

シャン達を送ってきた兵士達とは、門のところで別れることとなった。廃墟のような建物から、髪のない無表情な者達が出てきて、子供達の入った檻（おり）を受けとったのである。

灰色の衣（ころも）をまとった彼らは、存在そのものが灰のように希薄に見えた。音を立てず、何も言わず、匂いすらもほとんどない。兵士達の姿が見えなくなったことで勇気づいた子供の何人かが、「助けて」と声をかけたが、灰色の者達は完全に無視した。そして、無視したまま、檻を廃墟へと運びこんだのだ。

奥には見るからに頑丈な牢がしつらえてあり、子供達は全員そこへ入れられた。

隅の壁に体を押し当て、子供達は一塊（ひとかたまり）となった。

これからどうなる？

ここが迷宮？

殺されるの？

それはいつ？

ぎょろぎょろと、目だけを動かしていると、また別の灰色の者がやってきて、牢の中に大きな鍋を突っこんできた。

鍋の中には、パンが山ほど入っていた。焼きたてなのだろう、まだほのかに温かく、しかも、薄切りにされた焼き肉がたっぷりはさみこまれている。

それは虜囚の食事にしてはあまりにも豪華だった。

どういうことだろうかと、最初は誰も手を出さなかった。恐怖で胃袋は縮みあがっていたし、場違いな食べ物を薄気味悪く思ったからだ。

だが、一番年かさでしっかり者の少女カウラがついに声をあげた。

「た、食べておこう。食べておかないと、い、いざという時に力が出なくなる」

「で、でも、毒でも入っているんじゃない？」

「毒で殺すなんて、サ、サルジーンはそんなまどろっこしいことはしないと思う。いいから食べよう。それに……この先いつ、まともな食べ物にありつけるかわからないんだから」

そう言って、少女はパンを一つつかみとり、親の敵に噛みつくようにかじりついた。その姿を見て、子供達は一人、また一人と、もそもそとパンを食べ始めた。

だが、シャンは加わらなかった。

シャンは背中を石壁にあずけたまま、うなだれていた。サルジーンという獲物を前に、何もできなかった。そのことにすっかり自信を失っていたのだ。体の中にある火種が全て消えてしまったような無力感に襲われていた。

どうして？　絶好の機会だったのに、どうして俺は火を放たなかった？

サルジーンが自分の間合いに、三十歩内にやってこなかったからだと、言い訳することもできなかった。例え、すぐ目の前にサルジーンが立っていたとしても、シャンは何もできなかったはずだ。恐怖にとらわれ、ただただ怯えていたことだろう。それがはっきりわかるだけに、衝撃は大きかった。

俺は、結局役立たずなんだ。マハーンのためとか言っていて、いざという時に何もできないんだ。いつも失敗ばかり。魔族の時は、言われた仕事をやりそこなって、ヤジームを死なせてしまった。赤いサソリ団の首領を倒すという役目も果たせなかった。そして今度はサルジーンに圧倒され、指一本動かせなかった。これではマハーンのところに戻るなんて、夢のまた夢じゃないか。

しょげかえっているシャンに、カウラが近づいてきて、持っていたパンを差し出した。

「ほら、あんたも食べなよ」

「……いらない」

「そんなこと言っちゃだめ。うちの父さんは狩人だったんだ。父さんはいつも言ってた。人間はすぐにあきらめるから、動物を見習わなくちゃいけないって。動物のように、どんな時もあきらめないで、食べて飲んで、力をつけておかないといけないって」

少女の言葉は、シャンの心をかすかに揺さぶった。

「わかった……」

食欲はまったくなかったが、シャンはパンを受けとり、かじりだした。不思議なもので、パンをたいらげる頃には、シャンは少し自分を取り戻していた。

次は、次こそは絶対にサルジーンに向き合ってやる。

気力をさらに奮い立たせようと、シャンはもう一つパンを手に取った。

そうして、鍋の中のパンがあらかたなくなった頃だった。ふいに、静けさを押し破るようにして、叫び声が聞こえてきた。

「いててて っ！　な、何すんですよ！　ちょ、ちょっと。なんでこんな？　おかしいじゃないですか！　お、俺は大王様のお役に立とうとしたんですよ？　なんで、その俺がこんな目にあわなくちゃいけないいんですか？　あたたたっ！　やめて！　やめてくれ！　わかったよ。黙る！　黙るから！」

騒がしい悲鳴と足音を立てて現れたのは、なんとゼンだった。両脇をがっちり灰色の者達にかためられ、引きずられるようにして歩いている。

あっけにとられている子供達の前で、ゼンは牢へと放りこまれた。いったんは倒れたものの、ゼンはすぐさま起きあがって、扉に向かって走った。だが、灰色の者達がすばやく扉を閉じたため、逃げだすことはかなわなかった。

ゼンはぎゃんぎゃんわめきたてた。悲鳴をあげ、命乞いをし、金を出すから逃がしてくれと、涙と鼻水まじりに頼んだ。だが、灰色の者達は耳を傾けるどころか、一瞥することすらなく、牢の前から去っていった。

子供達が本当に驚いたのは、そのあとだった。

灰色の者達の姿が見えなくなったその瞬間、ゼンは泣きやんだのだ。涙と鼻水をぐいっとぬぐい、目を鋭く光らせて牢を見回した。

「……ここは迷宮じゃなさそうだな。壁は厚く、格子は頑丈で太い。だが……血の臭いがしない。ここじゃないな」

ぶつぶつとつぶやいたあと、ゼンは子供達に目を向けた。

「……悪かったな、みんな。大丈夫か？　誰も怪我していないか？」

だまされない！

全員から殺気にも似た怒りがほとばしった。

こいつは裏切り者だ。サルジーンを怒らせ、牢に入れられたから、また慌ててこちらにすり寄ってきたのだろう。今更痛ましそうな親切そうな顔をされたって、もうだまされない。

特にシャンは、消え失せていた力が蘇るのを感じた。

この若者を燃やしてやる。

密かに力をためこみ、放つ機会をうかがった。

煮えたぎるような憎しみのまなざしを浴びて、ゼンは悲しげに微笑んだ。

「恨まれて当然だな。だが、少し話を聞いてほしいんだ。大丈夫だ。おまえ達は必ず助かる。俺と仲間で、必ずここから逃がしてやるから」

先ほどまでの見苦しい叫び声とは打って変わった、落ち着き払った声音だった。信じてはいけないとわかっていても、思わず信じそうになってしまうほど誠実さがあふれている。

ゼンの空気にのまれまいと、子供達は必死で抵抗した。

「あんた、また口から出まかせ言ってるんだろ！」

「そ、そうだよ！　また俺達を犠牲にする気だ！」

「仲間だって、い、いないくせに！」

「いるよ」

ゼンは微笑んだ。

「それだけは信じてくれていい。俺には頼もしい仲間がたくさんいるんだ。だって俺は……」

それ以上は続かなかった。いきなり、床が大きく傾いたのだ。

なすすべもなく、子供達とゼンは地下へと滑り落ちていった。そうして、固い石畳の上に投げ出された。

うめきながら起きてみれば、そこは石造りの通路のようであった。だが、通路の先には暗闇が広がっており、さらには嫌な臭いが漂ってくる。

ここはまずい。今すぐ出たほうがいい。

シャンは即座に判断した。

上を見ると、自分達を落とした石の床が音を立てて戻っていくところだった。

「いや！」

「出して！」

だが、床は容赦なく閉じ合わさり、全てが闇に塗りつぶされた。

うわっと、子供達の悲鳴がわき起こった。完全に我を失って、泣き叫ぶ声は、わんわんと、通路の中で反響し、より耐えがたいものとなっていく。

だが、ふいに力強い声が響いた。

「大丈夫だ。みんな落ち着け。言っただろう？　必ず助かるって。大丈夫。だから少し静かにしてくれ。な？」

ゼンの声だった。優しくも力強く、なにより希望に満ちている。

本当なのかもしれない。本気でゼンは、自分達を助けるつもりなのかもしれない。

希望は波紋のように広がり、子供達はひとまず静まった。

「よしよし。みんないい子だ。そうだ。こういう時は落ち着くのが一番大切なんだ。みんな、偉いぞ」

「ここ、め、迷宮？」

「だろうな」

「じゃ、やっぱり私達、助からないのね」

「いいや。迷宮だからこそ、助かるんだ。俺達はずっとここに来たかったんだ」

「俺達？」

「ああ。おい、テンジン。いつまでそこに入っているつもりだ？　それとも、居心地がよすぎて、寝ちまったのかい？」

「……馬鹿言うな」

聞き慣れぬ声がした。独特のなまりのあるその声の持ち主とゼンとのやりとりは、しばらく続いた。

「もう少しでつぶれるところだった。気をつけろ、タンサル」

「悪かったって。いきなりだったから、どうしようもなかったんだよ。まさか、床が抜けると思っていなかったし。とにかく、出てきてくれよ。もう重くて限界だ。うっ！　おい、腹を蹴るなよ！」

「すまない」

「ふう。やっと楽になった。軽いおまえならなんとかなると思ったけど、やっぱり長い時間はきつかったな。前屈みにならないよう、必死だったよ。ところで……あれはちゃんとあるな？」

「ある。持ってるのが、見えないか？」

「ああ。こう暗すぎちゃな。みんなも、暗くて怖いよな？　ちょっと待ってな。すぐに明かりをつけるから」

火なら俺が起こせるよ。

シャンがそう声をあげる前に、ふわあっと、光が生じた。たちまち、その場にいる者達の姿が浮かびあがってきた。

シャン、子供達、ゼン。

ゼンの手には、大きな白い結晶が乗っていて、光はそこからあふれていた。

「こいつは雷光石だ。このとおり、暗闇の中だと光を放つ。いくつか持ってきたから、わけて持ってくれ。そうすれば、だいぶ足下が明るくなるはずだ」

そう言って、ゼンは五個あまりの雷光石を懐から取り出した。その場はさらに明るくなった。

そして、みんなは気づいた。

ゼンの姿が妙なのだ。顔はあいかわらず丸かったが、突き出ていたはずの腹は引っこんでいる。

そして、その隣には、先ほどまでいなかった子供がいた。

二歳児くらいの大きさだが、幼子には見えなかった。しっかりと筋肉のついた手足と俊敏そうな体つき、そして頭も首も腕も黒い毛で覆われている。低い鼻に薄い唇は、どことなく猿を思わせる。大きな目はシャンよりも深みのある赤だ。

その奇妙な子供は動きやすそうな黒い装束をまとい、膨らんだ袋を腰につけていた。とっつきにくそうなしかめっ面で、機嫌はあまりよくなさそうだった。

相手の正体に気づき、シャンは喉を鳴らした。

「猿小人……」

「お。猿小人のことを知っているなんて、なかなか博識じゃないか。ええと、おまえはシャンだったよな？　この猿小人はテンジン。俺の友達で相棒なんだ」

楽しげに笑いながら、ゼンは口の中に指をつっこみ、ずるずるっと、濡れた布の塊を引っぱりだした。そうすると、丸かった頬がしゅっと縮み、鷹のように精悍な顔つきとなった。

服の下から短刀や袋などを取り出しながら、ゼンはぼやいた。

「ふう。服の下にテンジンを入れて動き回るのはなんとか耐えられたが、この布で頬を膨らませておくのはきつかったなぁ。物を食うのも大変だったし。でも、腹だけ膨らませて、顔は痩せたままにしていたら、勘の鋭いやつに見破られてしまいそうだったからな。テンジン、俺の腹の上でずっと丸まっていて、疲れなかったか？」

「そんなおしゃべりをしている場合か。早く進まないと。いつ、あいつが来るか、わからないぞ」

不機嫌そうに猿小人は言い、先を見てくると、さっさと通路の奥へと走っていってしまった。

ゼンは苦笑しながら子供達を振り返った。

「悪いやつじゃないんだが、少し気難しいところがあるんだ。そっけなくても悪気はないから、慣れてくれ。とにかく、これから先に進まなくちゃならない。みんなに頼みたいのは、俺とテンジンを信じてくれということだ。さっきも言ったが、俺達は必ずおまえ達を外に連れ出して、サルジーンの手の届かないところに連れて行く。それが最初からの約束だったからな」

今やゼンは、まったくの別人としてそこに立っていた。しなやかな体に、快活で精悍な顔つき。十分すぎるほど見栄えのする若者だ。しかも、誇り高さがにじみ出ており、どこぞの若様と言っても通りそうなほどだ。

物腰も姿もがらりと変わった若者に、子供達はどう接していいかわからなかった。

とうとうシャンが尋ねた。

「あんたは誰、なの?」

「俺の本当の名前はタンサルって言うんだ。赤いサソリ団の一人だ。ここに来たのはおまえ達を助けるため。そしてサルジーンの野郎を永遠に葬り去るためだ」

にやりと、タンサルは笑ってみせた。

# 14

子供達は言葉を失い、ただただ目の前に立つ若者を見つめていた。

ゼンという太った裏切り者が消え、かわりにタンサルという名の敏捷そうな若者が現れた。それだけでも十分すぎるほどの驚きなのに、なんと、タンサルは赤いサソリ団の一員で、サルジーンを倒すつもりだという。

夢でも見ているのかと、子供達は顔を見合わせた。

どう答えていいかわからない様子の子供達に、タンサルは微笑みかけた。

「まあ、すぐには信じられないだろうけどな。でも、今言った言葉に嘘はないぜ。風の神に誓って、おまえ達を助ける。だから、今は信じて、俺達についてきてほしいんだ」

「……ほ、本気でサルジーン王を倒すつもりなの？」

「ああ。そのことも誓う。なにしろ、俺達には秘策があるんだ」

自信ありげなタンサルの言葉に、子供達の目が輝きだした。

だが、シャンは心穏やかではなかった。

だめだ。サルジーンを倒すのはマハーンでなければならないのだ。やっぱり赤いサソリ団の連中はろくでもないやつらだ。マハーンの手柄を横取りしようとするなんて。

怒りを覚えたものの、シャンは慎重にそれを抑えた。タンサルは迷宮を抜け出す方法を知っているようだ。迷宮を抜け出すまでは、彼を倒すわけにはいかない。そうしないと、シャンも他の子達も、永久に外には出られないだろう。

迷宮さえ脱出したら、その時こそタンサルに火を浴びせかけ、サルジーンに手出しできないように、ひどい火傷(やけど)を負わせてやろう。

シャンがそこまで考えた時、猿小人(さるこびと)が音もなく戻ってきた。

「この先は明るくなっている。罠はなさそうだ」

「罠の心配はしてないさ。サルジーンは自分の手で獲物を殺したがるやつだ。罠を仕掛けるくらいなら、わざわざこんなところに子供達を放ったりしないさ」

皮肉げに言ったあと、タンサルは子供達を振り返った。

「じゃ、行こう。みんな、二人ずつ手をつなぎ、絶対相手の手を離すな。そして、俺から離れず、ついてくるんだ。もし歩けなくなったら、すぐに声をあげろ。俺が背負ってやる。テンジン、しんがりを頼む。あと、例の仕事もまかせたぞ」

「わかっている」

そうして、タンサルを先頭に、子供達は迷宮の奥へと進み始めた。

テンジンが言っていたとおり、少し先に行くと、明かりが見えてきた。通路の両脇の壁に、丸い石がいくつもはめこまれており、妖(あや)しい緑の光を放っていた。

「なるほどね。十分に獲物が逃げ回れるよう、明かりを与えているってわけだ。こいつもサルジーンお抱えの魔法使いどものしわざだろうな」

だが、いつその明かりが消えるともわからない。念のため、雷光石はずっと手に持っておくようにと、タンサルは言った。

それからすぐに三つ叉（また）の分かれ道へとやってきた。同じような通路が三方にわかれて延びている。

「ど、どっちに行けばいいか、タ、タンサルはわかるの？」

怯えた声をあげる幼い男の子の頭を、タンサルは優しく撫でた。

「大丈夫さ。なにしろ、俺には地図があるからな」

ひらひらと、タンサルは手に持っていた古い紙切れを振ってみせた。

「ええっと、バッサンがくれた地図が正しければ、今俺達はここにいて……うん。こっちだ」

タンサルは左の通路を選んだ。子供達は何も言わず、彼についていった。

その後も何度となく分かれ道にやってきたが、地図を持っているタンサルがためらうことはなかった。だが、進むにつれて、悪臭がひどくなってきた。

本当に外に向かっているのだろうか？　一歩進むごとに、忌（い）まわしい気配、重い空気がひどくなっている気がするのだが。

たまりかね、カウラが声をあげた。

「これ、ほんとに正しい道なの？　なんだか迷宮の奥に進んでいる気がするんだけど」

「よくわかったな。そのとおりだ」

「なっ！」

「おっと。大きな声をあげないでくれ。いったん、この迷宮の中心に行かなきゃいけないんだ。そこまで行かないと、出口に向かう通路に入れないんだよ。悪かった。最初に言っておくべきだったな」

「……あとどのくらいかかるの？」

「なにしろ道が入り組んでいるからな。もしかしたら、かなりかかるかもしれない。でも休憩はとらない。みんな、悪いが、がんばってくれ」

「……うん」

「わかった」

途中、シャンはふと後ろを振り返った。

しんがりには、猿小人がいた。だが、ただ歩いているのではなく、何かを壁や床にすりつけている。何をやっているのか聞きたいとシャンは思ったが、きつい目で睨(にら)まれてしまった。

と、ひゃっと、誰かが悲鳴をあげた。

「どうした！」

「い、今、何かいたんだ！　そ、そっちの通路の奥で、き、黄色の目が光ってた！」

ざわつく子供達を守るようにしながら、タンサルが前に出た。いつの間にか、その手は鋭利な短刀を抜いていた。

シャンも、タンサルが目をこらしているほうを見た。

横の通路の奥に、確かに生き物がいた。人間の大人ほどもあり、まるで芋虫(いもむし)かナメクジのような姿をしている。黒ずんだ緑色の皮膚には毛も鱗(うろこ)もなく、ぬらぬらと粘液で覆われている。うっすらと、内臓が透けているところもあった。

顔は平たく、黄色の目玉が一つあるだけだ。かわりに、口は二つあり、じくじくと白いよだれをたらしている。

そいつは二匹おり、ひゅるひゅると不思議な音を立てながら、石畳の上を這い回っていた。

ふっと、タンサルが肩の力を抜いた。

「あれはグーマだな」

「グーマ?」

「屍肉喰(しにくぐ)らいの獣(けもの)だ。死んでいるものは肉はおろか、骨まで残さない。掃除屋として、この迷宮に放たれているんだろうな。心配ない。あいつらが食うのは、死人だけだ。生きている人間には絶対に手を出さないから。くそ。それにしても肥えてるな」

その後も、あちこちでグーマを見かけた。タンサルが言ったとおり、どれも丸々肥えており、その動きは鈍かった。

だが、グーマは屍肉は片づけても、血痕まではなめとってはくれないようだ。

通路のあちこちに血しぶきの痕(あと)が目立つようになってきた。赤茶色に乾いた血痕は、床はおろか、天井にまで散っているものもある。その激しい飛び散りようは、犠牲者の悲鳴と苦痛をまざまざとこちらに伝えてきた。

子供達は息をひそめ、歩くことだけに集中するようになった。

ここで何十、何百という人間が死んだのだ。

その事実は、恐怖だけでなく力も与えてくれた。この生々しい血痕が与える恐怖がなかったら、それほど体力のない幼い子達は、早々と音をあげていたことだろう。

生きたい。生きのびたい。むごたらしく殺されるのも、血のしみとして迷宮に残るのもまっぴらだ。

その一心で、誰も遅れることなくタンサルのあとに続いたのである。

とうとう一行は狭い通路を出て、かなり大きな広間へと出た。広間は、丸い器をふせたような形をしており、タンサル達が出てきた通路の出入り口の他に、七つの出入り口があった。

そして、中央には大きな鉄の鳥籠があった。鳥籠のてっぺんには太い鎖がついており、その鎖は天井に空いた大穴から伸びている。あの穴の上からおろされたのだと、一目でわかった。

子供達を立ち止まらせ、タンサルと猿小人は用心深く鳥籠へと近づいていった。鳥籠の中をのぞきこんだ二人だったが、すぐに警戒を解いた。

「おまえ達も来ていいぞ」

そう言われ、子供達も恐る恐る鳥籠に歩み寄った。

中には藁が敷き詰められており、ひどい姿の老人が座りこんでいた。もつれた髪もひげも灰色で、しなびた肌は汚れに汚れている。放つ悪臭も相当なものだ。裸に近い姿で、わけのわからぬうめき声をあげている老人に、正気の色は見られなかった。

驚きで声を失っている子供達の横で、タンサルと猿小人テンジンはささやきあった。

「誰だと思う、タンサル？」

「さあな。誰であれ、相当サルジーンの怒りを買った者なんだろうな。……気の毒に。責め苦を受ける前は、きっと普通の人間だったはずだ」

「タンサル……まさか連れて行く気か？」

「もちろん連れて行くさ。見捨てていくなんて、寝覚めが悪いじゃないか。それとも、反対する気か？」

「……すでに子供だけで手一杯だ。十五人にさらに一人増えて、十六人だぞ？　奴隷市にいた子を全員買うなんて、何を考えているんだと思ったぞ」

「しかたなかったんだよ。あの時、子供をいたぶるのが大好きな下衆（げす）商人が競りに来ていたんだ。一人でも残していったら、やつの餌食（えじき）にされていたはずだ。とにかく、このじいさんは連れて行くよ。これ以上一人だって、サルジーンに殺させるもんか」

きっぱりと言い切ると、タンサルは鳥籠の鍵をがちゃがちゃといじくりだした。さほど時間はかからずに鍵は外れ、扉が開いた。

タンサルは中の老人を引っぱりだし、話を聞こうとしたが、無駄だった。老人は何かに魂を食われてしまった様子だった。ひたすら頭を抱え、爪を噛み、おうおうと声を漏らすか、ふいにはらはらと涙をこぼすかだ。

すぐにタンサルは、事情を聞き出すのをあきらめた。

「俺とテンジンは道を探してくる。おまえ達は今のうちに足を休めておくといい。あと、その人のことも見てやっててくれ」

子供達に老人をまかせ、タンサルとテンジンは広間の縁にはめこまれているかのような七つの出入り口を、一つ一つ確認しに行った。

年長の子供達は、できるだけ優しく老人に声をかけ続けた。この人も自分達の仲間だという気持ちが、早くも芽生えだしていた。

大丈夫。きっと助かるよ。

そう声をかけることで、自分達も心を落ち着けることができた。

老人のうめきが少しおさまってきた時だった。タンサル達が駆け戻ってきた。

「出口への通路があったぞ。みんな、あと一踏ん張りだ！」

タンサルのはずんだ声に、みんなの胸にも希望が踊った。

だが、それを打ち消すかのように、ふいに恐ろしい声が轟(とどろ)いた。

「行くぞ！　狩りの始まりだ！　子供達、このサルジーンの手からどれほど逃げていられるか、ぜひとも見せてもらおうか」

それは聞き間違えようのない声であった。

サルジーン！

しかも、すぐ後ろで聞こえた。

いや、前からだ。

横からも聞こえた。

とにかく、近くにいるのは間違いない。

うぎゃあああっと、おとなしくなりかけていた老人が絶叫をあげた。

「来る！　いおおおっ！　あ、あいつ、来るぞぉ！　逃げろ！　逃げてくれ！　捕まるな！　いぎぎぎぎぃ！　あがががっ！」

一呼吸後、子供達も泣き叫びだしていた。

ここまで逃げたのに！

サルジーンが来てしまった！

もうだめだ！　だめなんだ！

あまりの恐怖に、子供達は散り散りに逃げだそうとした。シャンですら、我を忘れかけた。

それを抑えたのは、またしてもタンサルであった。

「落ち着け！」

大声をあげると同時に、タンサルは老人が入っていた鳥籠を思いきり短剣の柄で殴りつけた。

がーんと、ものすごい音が立ち、それが子供達を正気づけた。

はっと顔をあげる子供達に、タンサルは言った。

「この迷宮を作った男の息子が教えてくれた。この迷宮は、最深部に音が集まるようにできていると。最深部っていうのは、つまりここだ。この広間がそうなんだ。迷宮中の音がここに集まる。

遠くの音が、すぐ近くで聞こえるそうだ」

「……………」

「サルジーンはまだ入り口にいる。大丈夫だ。これは、獲物を混乱させ、怯えさせようとする、やつのもくろみなんだ。安心しろ。出口は見つかったんだ。ほら、ついてこい」

タンサルはそう言って、痩せた老人を軽々と背負い、八つある通路のうちの一つに飛びこんでいった。

子供達は慌ててそのあとに続いた。今度は歩きではない。小走りだ。またしても、しんがりはテンジンが務めた。

広間から遠ざかっても、かすかにサルジーンの笑い声は聞こえてきた。


匂いがするぞ。

もうすぐそっちに行くぞ。


その声、その言葉は、鞭のように子供達を駆りたてた。

長いうねうねとした通路をどれほど走っただろう。ふいに、石の壁が全員の前に立ちふさがった。

シャンは目を瞠った。通路の先は行き止まりだったのだ。

「い、行き止まり!」

「嘘！　み、道を間違ったんだ！」

「どうしよう！　わあぁ、どうしよう！」

だが、タンサルとテンジンは落ち着き払っていた。

「ここでいいんだ。騒ぐな」

「テンジンの言うとおりだ。ここでいいんだよ。俺達はここに来なくちゃいけなかったんだ」

「で、でも、行き止まりよ？」

「そうだよ！　い、行き止まりなのに、どうやって逃げればいいんだよ！　石の壁だよ？　崩せっこない！」

わめく子供達を、タンサルはじっと見返した。その自信に満ちたまなざしを受け、一人、また一人と口を閉じた。

シャンが最後にそっと尋ねた。

「……助かるんだね、俺達？」

「そうだ」

力強くうなずくと、タンサルは老人を床におろした。その背中を、猿小人が駆けあがった。

タンサルの肩に立ったテンジンは、短刀の先で天井の石を突きだした。

コン、コンコン、コンコン。

拍子をとるように、一定の間隔で音を立てていく。

と、くぐもった声が上から聞こえてきた。

「タンサル。テンジン。そこにいるのか？」

「いるぞ、バッサン！　でも、早いところ出口を作ってくれ！　サルジーンが俺達を追いかけてきてるんだ！」

「わかった。ちょっと後ろに下がってくれ。今この石をはずすか落とすかするからよ！」

タンサル達は通路の端へと身を寄せた。それからほどなく、ごんっと、重たい音がした。見れば、石の一つが天井から押し出されていた。

ごん！　ごん！

音がするたびに、石はめりめりと芽が生えるように突き出てくる。

ついにはずれて、まわりの数個の石と共に、どどどっと落ちてきた。ざあざあと土が降ってきたが、それはすぐにおさまった。

石がはずれたところには、太った大人が通れるほどの穴ができていた。そこからひょいっと、痩せた若者が顔をのぞかせた。尖った目鼻と、頬に散った無数のそばかすがやたら目立つ若者だった。

「よかった。タンサル。テンジンも無事か」

「話はあとだ、バッサン。すぐに縄をおろしてくれ。子供が十六人いるんだ！」

「じゅ、十六人？　待てよ。それ、計画にあったたか？」

「いいから、早くしろって！」

怒鳴りつけられ、バッサンはあたふたしながらも、縄を投げてよこした。

最初にテンジンが縄をのぼっていった。猿のような身軽さだった。

そのあと、子供達は次々と穴から引っぱりだされていった。縄をつかめば、上にいる者達がさっと引き上げてくれる。

シャンも無事に外に出られた。出たとたん、大きく息を吸っていた。悪臭とよどみに満ちた迷宮をさ迷っていた者にとって、外の空気はまるでごちそうだった。それに、空には星が輝いている。こんなに美しいものは見たことがないと思った。

シャンはさらに目をこらした。

どうやら、自分達はサルジバットの都の外にいるようだった。少し先に城壁がそびえており、かすかな明かりもちらほら見える。まだ静かにしていなくてはだめなのだと、シャンは歓声をあげるのをこらえた。

と、するりと、穴からタンサルが出てきた。

「いいぞ。俺で最後だ。バッサン、船は?」

「こっちだ。でも、逃げる前にすることがあるよな?」

バッサンはいきなり目をぎらつかせ、タンサルに詰め寄った。

「あれは?　仕掛けてきたんだろ?」

「ああ」

「で、あのくそったれなサルジーンは、今迷宮にいるんだな?　……俺にやらせてくれ!　頼むよ!」

鬼気迫るような顔であり声だった。小柄な若者なのに、気迫で何倍にも体が膨れあがったように見える。その剣幕に圧されたわけではないだろうが、タンサルは静かにうなずいた。

「わかったよ。バッサン、おまえにまかせた。俺達は先に船に行ってるよ」

「船なら、この先の黒い岩の下に埋めてある。重しを結んである縄を切れば、すぐに出てくるはずだ。……ありがとな、タンサル！」

異常なほどの喜びに目をきらめかせながら、バッサンは身をかがめ、かちかちと音を立てだした。火打ち石で火を起こし始めたのだ。

だが、それを見届けることを、タンサルは許さなかった。行くぞと言って、子供達と老人を連れて、ずんずん歩きだした。

少し歩くと、地面を覆うのは土ではなく砂となった。

大砂漠だ。

戻って来たと、シャンはなぜか思った。家にやっと戻れたような、そんな安堵が胸に広がる。ああ、この足下の砂の感触、乾いた冷たい夜風の匂いが心地よい。

思わずうっとりしたのは、シャンばかりではなかった。他の子達も、あの老人ですらも、目を細めて風を浴びた。

だが、タンサルとテンジンは少しも休まなかった。さらに少し先には、大きな黒い岩があった。そこに駆け寄ったタンサル達は、砂の中に埋まっている縄を次々と見つけては、短刀で切っていった。

と、ざあっと、音を立てて、砂の中から船が現れた。四枚の翼を持つ船で、その船底は砂につくことなく、ふんわりと空中に浮かんでいる。

「翼船（つばさぶね）！」

「赤いサソリ団の翼船だ！」

もう我慢できないとばかりに、子供達はきゃあきゃあと大はしゃぎした。

シャンも心が躍った。自分が黒い山脈越えに使った小舟よりも、ずっと大きな船だ。翼も長く、帆柱もしっかりしている。きっと飛ぶ速度も、比べものにならないくらい速いに違いない。

いち早く船に乗ったテンジンが、手早く帆柱に帆を張りだした。

一方のタンサルは、子供達をどんどん甲板へと放り投げていった。そうしながらも、ずっと背後を気にしていた。

「あいつ。何やってんだ？　テンジン、ちょっと見てきてくれないか？」

そう言いながら、最後に残っていた老人の手をつかんだ時だ。

大地が大きく揺れた。形容しがたい轟きがわきあがり、千の魔獣の咆哮（ほうこう）のごとく大気を震わせる。

「ぎゃあああああっ！」

突然の異変に、老人は絶叫し、タンサルの手を振り払って、大砂漠のほうへと駆けだした。タンサルは慌てて捕まえようとしたが、その瞬間、背後から押し寄せてきた強烈な衝撃波に体を押され、船の横腹へと叩きつけられた。

頭を打ち付け、うずくまるタンサルを見て、子供達は思わず悲鳴をあげた。

「タンサル！」

「しっかりして！」

船の上からの呼びかけに、タンサルはようやく立ちあがった。

「み、みんな、無事か？」

「だ、大丈夫！　一人、帆柱にぶつかったけど、誰も船から落ちてないよ！」

「そうか……」

タンサルは血がしたたりだした頭を押さえながら、周囲を見回した。その顔が歪んだ。

タンサルが何を思っているのか、シャンはわかる気がした。

あの老人の姿はすでに闇にまぎれてしまっていた。呼び戻したくても、連れ戻したくても、気配も足跡もたどれそうにない。

そして、明日の夜の星空を老人が見ることはないだろう。大砂漠の太陽は容赦なく老人の命を吸い上げるはずだ。

救いたかったのにというタンサルの後悔がひしひしと伝わってきて、シャンは思わず目をふせた。

この時、後ろから歓声が聞こえてきた。

「ひゃっはあああっ！」

歓声をあげながら、バッサンがこちらに走ってきた。鼻から血をたらし、髪も体も砂だらけだ。

でも、その目はらんらんと輝いていた。

「やってやった！　見たか、タンサル！　テンジン！　やったぞ！　俺がサルジーンを殺してやった！　やつを迷宮ごと葬ってやったぞ！　ざまあみろ！」

「自慢はあとだ！　いいから、乗れ！」

今にも踊りだしそうなバッサンを船に乗せ、自分も飛び乗ったタンサルは、テンジンに合図を送った。

すうっと、たちまち翼船は空に浮かびあがっていった。

シャンは船縁へと駆け寄り、下を見た。

自分達が連れこまれた都が見えた。都は、あちこちから土煙が立っていた。ごっそりと地面が抜けて、道や建物がぐしゃぐしゃになっているところもある。あの醜悪な王宮さえも大きく傾いているようだった。

驚きにかたまっている子供達に、タンサルが種明かしをした。

「迷宮を逃げながら、じつはテンジンがこっそり火薬をまいていたのさ。ただの火薬じゃないぜ。東方から渡ってきたもので、こちらで使われているのより十倍も威力があるやつだ」

まいた火薬に火をつけ、迷宮もろともサルジーンを殺す。それが計画だったのだと、タンサルは頭の傷に布を巻きつけながら言った。

「そのためにわざと情報も流した。赤いサソリ団が奴隷市の子供達を救おうとしていると。それがでたらめだとわかったら、赤いサソリ団が現れなかったら、サルジーンはきっと密告者を許さない。子供達もろとも、迷宮に放りこむはずだ。そう考えたのさ」

「……危険な賭けではあったがな」

「そう言うなよ、テンジン。こうして、うまくいったじゃないか。俺達は全員生き残った。そして、サルジーンは死んだんだぜ？」

「それもまだわからない」

「おまえってやつはほんとに頭の固い根暗なやつだな！　でも、考えてみろ。迷宮そのものが崩れたんだぜ？　これで生きていたら、正真正銘の化け物だ」

「やつは化け物だ」

「だとしてもだ！　たとえ生きていたとしてもだ。大量の土砂を頭から食らったら、まず無傷じゃいられないだろう。やつが弱っていれば、やつの軍隊なんてたいしたことはないんだ。あとは赤いサソリ団で総攻撃をかければ、この戦いにもけりがつく。ってことで、早く戻ろう。このことを親父に知らせてやらないとな」

タンサルは意気揚々とした顔つきで、舵をとりに行った。

シャンはもう一度、地盤が崩れた都を見下ろした。この惨状を見ると、サルジーンは死んだと、思わざるを得なかった。だが、獲物を横取りされてしまったという怒りはわかなかった。

誰かがサルジーンを倒さなくてはならなかったのだ。一刻も早く、彼の悪事を食い止めなくてはならなかったのだ。

迷宮をさ迷い、サルジーンに追われるという恐怖を味わった今では、そう思う。それをなしとげた者達に、シャンは素直に感動と畏敬を覚えていた。

テンジン。バッサン。そしてタンサル。

たった三人で子供達を救い、迷宮を脱出し、赤の王と恐れられた男を倒した。すごい者達がいたものだ。

だから、シャンはタンサルに火の力を向けなかった。その気はすっかり失せていたし、今となっては意味のないことに思えたからだ。

かわりにマハーンに思いをはせた。

サルジーンは死んだ。

その知らせが届いた時、マハーンはどうするだろう?

気がかりの種がまた一つ、シャンの胸の中で芽を出した。

## 15

朝の大砂漠を、一人の男がさ迷っていた。長い髪も長いひげも灰色で、どんな獣よりも汚く、みすぼらしい姿をしている。

朝日が昇ってから、まだそれほど時は経っていなかったが、衣服をまとわぬ無防備な体は、すでに真っ赤に焼け、水疱ができ始めていた。足の裏の皮も、べろりとめくれており、一歩進むたびに激痛が走る。

それでも、男は歩き続けた。頭の中にあるのは混乱と千切れた記憶だが、逃げなくてはという本能はそれらを押しのけるほど強かった。

逃げないと捕まる。捕まったら、またひどい目にあわされる。

ぎらつく砂に目をやられ、すでに何一つ見えなくなってしまっていた。熱さと痛みと闇に包まれながら、男は手探りで前に進み続けた。

だが、ついに限界が来た。砂丘を転げ落ちた男は、そのまま起きあがれなくなってしまったのだ。

熱い砂が、自分の体を焼いていくのがわかった。上から降り注ぐ日光は、まるで千本の矢のように突き刺さってくる。

干上がっていく中で、死が近づいてくるのを、男は感じた。わずかな正気は、そのことを喜んだ。だが、壊れた記憶の一部は嘆いた。

まだやり残したことがあるではないかと。

だが、どちらにしても、死はまぬがれようがなかった。そう。まぬがれるすべなど、どこにもなかったはずなのだ。

だが……。

ふいに、男は涼しさを感じた。何か大きなものが日を遮り、その影を男に投げかけてきている。大きくも柔らかな羽ばたきの音がし、風が下に舞いおりてくるのを感じた。

そして、声が聞こえてきた。

「あら、こんなところで下りるなんて、どうしたの、アッハーム？」

「それが、我が君、思わぬものを見つけまして」

最初の声は蜜のように甘く愛らしく、そのあとに続いた声は黄金の鐘を思わせる響きをおびていた。

「まあ、この人は……」

「ええ。この匂いは私も知っております。間違いなく、かの人の血族、それもかなり血の濃いお方のようですね。孫、でしょうか」

「でも、なぜこんなにひどい有様で……ともかく助けなくてはね。かの人には、私の眷属は多大

な恩がある。私は王として、その恩を返さなくては」

誰かがそばに近づいてきて、男の額をそっと撫でた。

そのとたん、男はあらゆる苦痛が消えるのを感じた。それだけではない。頭をかき乱していた混乱は静まり、ばらばらだった理性と記憶が正確に一つになった。

目を開くと、ふたたびものが見えるようになっていた。

そして、その目に最初に飛びこんできたのは、言いようのないほど美しい青い瞳だった。

# 16

子供達を乗せた翼船(つばさぶね)は地上に降りることなく、夜どおし飛び続けた。

人の目につかないよう、タンサルは常に雲の上を飛んだ。雲の上は空気が薄く、寒く、体調を崩す子供も何人かいた。

そのうえ、水も食料も十分とは言えず、子供達は寒さに震えながら一つにかたまり、小さなパンをわかちあい、椀から一口ずつ水をすすらなくてはならなかった。

だが、文句を言う子は一人もいなかった。こうして生きている。そのことがなによりのごちそうだった。

それに、タンサルやテンジン、バッサンは、子供達に優先的に食料を分け、自分達はほんの少し口にするだけだ。その姿を見ては、感謝の言葉しか浮かんでこない。

だが、礼はなかなか伝えられなかった。

猿小人(さるこびと)のテンジンは一人で帆柱の上で見張りをすることを好み、バッサンは船の隅に座り、泣いたり笑ったりを繰り返している。

だから子供達は、舵(かじ)を握るタンサルのところに自然と集まった。

タンサルは彼らを邪魔者扱いしなかった。元来明るく気さくな性格なのだろう。色々と話をしてくれた。

「ははは。おまえ達、さてはバッサンのことを気味悪く思ってるな？　まあ、あの様子を見たら、無理もないが……。あいつは今、色々な想いを噛みしめているんだ。もう少し放っておいてやってくれ。……バッサンの親父さんは腕のいい建築家で、そのせいでサルジーンに捕まって、迷宮を作れと言われたんだ」

バッサンの父親は王宮の中に軟禁されて、ずっと迷宮の設計図を書かせられた。だが、何か感じるところがあったのだろう。一人息子のバッサンに、こっそり迷宮の地図を渡したのである。

送られてきた砂糖菓子の中に隠されていた地図には、小さく手紙も添えられていた。迷宮の構造の説明と、一刻も早く国を出て、赤いサソリ団のもとへ逃げろと書いてあったという。

それからほどなく父親からの頼りは途絶えた。バッサンは王宮に何度も足を運び、一目でいいから父親と会わせてくれと言ったが、その都度突っぱねられた。

それからほどなく、ウバーン人が大量に連れ去られ、昼夜を問わず、土を掘り起こす音、石を削る音、鞭のしなる音、悲鳴が聞こえるようになった。

だが、ある日を境に、その音はぱたりと途絶えた。

そして、そのままウバーン人は誰一人戻らなかった。

その時、バッサンは父親の死を確信したのだという。

大勢のウバーン人達は、迷宮の秘密、構造を外に漏らさせないために殺されたのだろう。だとしたら、迷宮を考えた父親が生きのびられるはずがない。それどころか、魔手は家族にも届くかもしれない。

バッサンはまだ幼い妹を連れて、大急ぎで大砂漠に逃げた。わずかな金品とあの地図だけを持って。

「バッサンが俺達のところに来たのは、四年前だ。俺は今でもあの時の姿を忘れないよ。本当に骨と皮だけの姿だったからな。そして一人だった……。妹は大砂漠の厳しさに耐えられなかったらしい」

無事に回復し、赤いサソリ団の一員になってからも、バッサンがサルジーンの仕打ちを忘れることはなかった。毎日毎日、復讐するための策を練り、時々、首領にそれを打ち明けた。何度断られても否定されても、決してあきらめず、次の策を練ることを繰り返した。

そして、半年ほど前、バッサンはついにこれだという策を思いついたのだ。それは赤いサソリ団の名と度胸、そして迷宮の地図があってこそ成功する奇策だった。

首領に話したところ、またしても承諾は得られなかった。だが、バッサンはあきらめず仲間を募った。そして、タンサルとテンジンがその策に乗ることとなったのだ。

「バッサンから話を聞いた時、これならうまくいくんじゃないかって俺も思ったんだ。テンジンはそう乗り気でもなかったけど、俺がやると言ったら、しぶしぶうなずいてくれた。俺達はそれからずっと、念入りに準備をしてきたんだ」

地図を調べてみたところ、迷宮に出口はないことがわかった。どの通路の先も行き止まりとなっているのだ。
ならば、そのうちのどれかに出口を作ってしまえばいい。

都の地図と迷宮の地図を重ね合わせたところ、ある通路が都の城壁の外まで延びていることに若者達は気づいた。

この通路の上を掘り返し、穴を開けて、出口を作ろう。

だが、城壁の外とはいえ、それほど距離は離れていない。下手をしたら、すぐに見張りの衛兵に見つかってしまうだろう。穴を掘るのは当日、それも日が暮れてからやらなければならなかった。

「俺達は商人に変装し、何度もあの都の下見をした。夜の暗闇にまぎれて、迷宮の通路がある場所の見当をつけ、そこに目印となる物を置いたりもしておいた。で、赤いサソリ団が来るという噂を流したあと、俺達はいったん別れた。俺とテンジンは、奴隷市に向かい、その間バッサンには都に隠れていてもらった。俺達が迷宮に連れこまれるのを見たら、すぐに都を出て、脱出用の穴を掘ってもらう必要があったからな。あともちろん、この翼船を隠しておいてもらう役目もあった」

「……テンジンは、ずっとタンサルのお腹にひっついていたの？」

「そうさ。火薬とか地図とかと一緒に、赤ん坊みたいに紐でくくりつけておいた。俺もつらかったが、テンジンはもっとつらかっただろうな。辛抱強い猿小人だからこそできたことだな。ただ、人目につかない真夜中なんかには、あいつも急いで俺から離れて、茂みなんかに駆けこんでいっていたよ。たぶん小便とかを……あてっ！　こら、テンジン！　石つぶてを投げるな！　あてっ！　わかった。わかったって。このことはもう話さないから」

タンサルとテンジンのやりとりに、子供達はくすくすと笑った。

と、ふらりとバッサンが近づいてきた。半日以上経って、ようやく気持ちが落ち着いてきたのだろう。バッサンはだいぶまともな顔つきとなっていた。だが、その口元は少し歪んでいた。

「お、バッサン。正気が戻ったか？」

「何言ってんだよ。俺はいつだって頭が冴えまくっているぜ？　それよりタンサル、傷薬持ってないか？」

「どこか怪我したのか？」

「いや、怪我ってほどじゃないんだけどさ」

バッサンは口ごもりながら、自分の腹に手を当てた。

「じつはさ、船を隠しにいく途中で、妙な連中に目をつけられちまったんだ。ほら、翼船に乗っているだけで、赤いサソリ団って証になるだろ？　で、追い回されて。もちろん、きれいにまいてやったさ。だけど、連中の一人がつぶてみたいな物を投げてきやがって。それが腹に当たってから、どうもしくしく痛いんだ」

「血は？」

「出てない。小さなアザがあるだけだ。でも、一応薬を塗っておこうと思ってさ」

「そのほうがいいだろうな。サルジーンに味方する連中は、黒い魔法使いとか、屍人使いとか、ろくでもないやつらばっかりだ。そういうやつらの攻撃はなめないほうがいい。ほら、薬だ。塗っておけよ」

「ありがとな」

小さな壺を受け取り、ようやくバッサンは笑顔を見せた。

そのまま翼船は快調に飛び続け、その日の夕暮れ時、ついに赤いサソリ団の隠れ家へとたどりついた。

「見えてきた！　あと少しだ！」

見張りのテンジンの言葉に、子供達はいっせいに船縁に駆け寄り、下を見た。だが、バッサンが笑った。

「おいおい、どこ見てるんだ？　前だぞ、前」

子供達は慌てて前を向いた。そして息をのんだ。

雲の上に浮かぶようにして、不思議なものがあった。遠くから見ると、それは巨大な円形の皿に見えた。縁の部分に、何百という翼がとりつけられ、休むことなく羽ばたいている。それは空飛ぶ島とも言えるものだった。

島の中央にはいくつもの天幕が張られ、村となっている。

何十隻もの翼船もあった。碇をおろして、島の上に浮かんでいる。

「赤いサソリ団は、翼船職人達を丸ごと匿っているんだ。その翼船職人達が、船造りの技術を応用して作った秘密の隠れ家だ。ここなら、サルジーンでも見つけ出せないし、見つけたとしても手出しはできないってことさ」

　タンサルは自慢そうに言いながら、すばやく船を島へと近づけていった。

　近づく翼船に、島の上の人々はすぐに気づいたらしい。緑色の旗を振り、タンサルの船が停めやすい場所を教えてくれた。

　なめらかに下降し、碇をおろしたあと、タンサル達は船から飛びおりた。すぐに大勢の人が三人を取り囲んだ。

「タンサル！　バッサンとテンジンも無事だったか！」

「このとおりだよ。それに奴隷市から子供達も十六人救い出してきた。食事と飲み物をあげてくれ。あと、何人か具合が悪いんだ」

「じゃ、アイシャさんを呼ぶか？」

「それほどじゃない。レバさんで十分だ」

「わかった。おい、先生を呼んでこい！」

「子供達はこっちに連れて来てちょうだい。ちょうど豆のスープをこしらえたところだからさ」

　前にタンサルが言っていたとおり、赤いサソリ団は様々な人種のるつぼであった。褐色の肌の者もいれば、蜜(みつ)色の肌の者、漆黒(しっこく)の肌の者もいる。髪の色も、黒に茶に金、灰や橙(だいだい)色とそろっている。猿小人の姿もちらほら見られた。

　だが、共通していることもあった。みな明るく、活気に満ちているのだ。てきぱきと動き、表情も声も豊かだ。

だが、奥から若者が駆けてきて、「タンサル……首領が呼んでるよ」と言ったとたん、しんとその場が静まった。

誰もが気の毒そうな顔をする中、タンサルは少しひきつった笑みを浮かべた。

「やれやれ、来るべき時が来たって感じだな」

「タンサル……。首領、かんかんだよ。覚悟しといたほうがいい」

「わかってる。でも、今回はそう怒られないさ。確かに勝手に動いたけれど、俺達、すごいことやってのけたからな」

「あと、来るのはタンサル一人でいいって。テンジンとバッサンは来なくていいって」

バッサンはあからさまにほっとした顔をした。テンジンですら小さく息をつく。

「ったく。俺だけか」

さらに顔をひきつらせながらも、タンサルは奥の天幕へと向かっていった。

「気の毒に。ありゃ、相当絞られるぞ」

「今度という今度は、首領も怒り心頭だったからなあ」

「……半殺しですむかね？」

「まあ、いざとなったら、アイシャさんが止めるだろうから」

そんなことをささやきあいながら、人々は子供達を船からおろし、甲斐甲斐しく面倒を見始めた。

だが、世話をしてくれる人達の手をかいくぐり、シャンはネズミのようにすばやく物陰に隠れた。

サルジーンが死んだ今、シャンが赤いサソリ団の首領を暗殺する必要はどこにもない。だが、この男はあのサルジーンに煮え湯を飲ませ続けたという傑物(けつぶつ)だ。ぜひともこの目で見たい。

その想いが募って、どうにも体が動いてしまったのだ。

みんなの視線が弱っている子供に向けられている隙に、シャンはタンサルが入っていった天幕に近づき、その裾をそっと持ちあげて、中をのぞきこんだ。

タンサルが立っており、その奥にいる相手と向き合っていた。

奥を見たシャンは、悲鳴をあげそうになった。

そこに魔物がいたのだ。

# 17

魔物。

そう思ってしまうほど、恐ろしい異相の男だった。

年齢は、五十半ばといったところだろうか。頬のこけた顔は死人の王を思わせ、艶のない銀色の髪がこれまた亡者の涙のようにゆらめいている。肌は異様なほど白く、シャンは肉を洗い落とした骨を思い出した。

瞳もまた不思議な色合いだった。時折銀にも見える灰色なのだ。そして今、その目は怒りで白く光っていた。

その怒りのせいなのか、男は恐ろしく大きく見えた。背が高いのはもともとだろうが、その細い肉体に弱々しさは微塵もない。見るからに強靱で、さながら槍のようだ。

この男は戦士なのだと、シャンは悟った。その証拠に、男は腰に大きな刀を下げている。

ここで、シャンははっとした。

男には右手がなかったのだ。手首のところでなくなっている。

ダーイラムのカーンのささやきが頭に蘇ってきた。

「その男には右手がなく、銀の義手をはめているそうだから。……名はタスラン。いいかい？　タスランだ」

銀の義手は見当たらないが、とにかく右手がないのは間違いない。

この男がタスラン、赤いサソリ団の首領なのだ。

どうしたものだろうと、シャンは迷った。カーンの命令どおり、すぐにタスランに火の玉を叩きつけるべきだろうか？　だが、サルジーンはすでに倒された。今更この男を倒したところで、マハーンの得になるとも思えない。

とりあえずもう少し観察することにした。

一方、シャンに見られていることに、天幕内の二人はまったく気づかなかった。二人はただただ睨み合っていた。

やがて、タンサルが動いた。親しげに笑みを浮かべ、男へと歩み寄っていったのだ。

「やあ、親父」

返答は手荒なものだった。男は物も言わず、タンサルの頰を殴りつけたのだ。たいして力をこめたようには見えなかったが、タンサルの体は大きく吹き飛んでいた。

なんとか身を起こし、したたる鼻血を手でぬぐいながら、タンサルは強がるように笑ってみせた。

「へへ。右手で殴られなかっただけ、ま、ましだね」

「それについては、イルミンに感謝するんだな」

そっけなく男は言った。

「おまえを殴るのは嫌だと、どこかに隠れてしまった。みんな、おまえを甘やかしすぎている。イルミンも、アイシャも、ラシーラも。……今度は何をしでかした？　勝手にサルジーン軍に手を出した時の失敗を、もう忘れたのか？」

「あ、あの時とはわけが違うんだ！　それに、あの時だって、親父が最初から奇襲に賛成してくれていたら、こちらの被害は少なくすんだはずだ」

「違う。そもそも奇襲に出てはいけなかったのだ。あれは罠だった。それを見破れなかったおまえの未熟さが悪い。おかげで、こちらは四人の仲間と船三隻を失ったんだぞ」

「そ、その船だって、サルジーンに悪用されないよう、俺とテンジンできちんと爆破したじゃないか」

「愚かな出撃をして、仲間に被害をもたらした。それを責められるのを回避したくて、手柄を立てただけだろうが」

「なんだと！」

今やタンサルの目も燃えあがっていた。そうして睨み合った二人は、まったく似ていないにも関わらず、確かに親子に見えた。

「いつも親父はそうだよな！　慎重すぎて、いらいらする。ああ、あんたは正しいさ。いつだって、仲間を正しく導いて、守ることを最優先に努めてる。だけど、それじゃ大きなことはなしとげられない。それがわかっているから、俺はバッサンの策に乗ったんだ！」

その結果がどんなものであったか、タンサルはまくしたてるように告げていった。だが、迷宮をつぶし、サルジーンを生き埋めにしたと聞いても、タスランの表情はまったく変わらなかった。息子タンサルの声は次第に弱々しくなっていき、やがてむっつりと黙りこんだ。

しばしの沈黙のあと、タスランは少しだけ声を和らげて言った。

「タンサル、何か勘違いをしていないか？　赤いサソリ団は本来兵士ではない。ただの稲妻(いなずま)狩人の集団だ。行動力と翼船(つばさぶね)を持っている我々は、困っている人々を見かければ、それを全力で助ける。それは初代船長アバンザから受け継がれてきた心だからだ。だが、血がたぎるままに、自ら攻撃に転じるのでは、我々を頼ってきた人達、助けようとしている人々を守れない」

それがどうしてわからないと、タスランはため息まじりに息子を見た。

「今回はなんとか思いどおりにできたようだ。だが、しくじった時のことは考えなかったのか？」

「そ、そんなことばかり考えていたら……」

「大事なことだ！　いいか！　おまえ達三人のうち、誰か一人でも捕まっていたら、ただではすまなかったんだぞ！　サルジーンに与(くみ)する魔法使いどもの拷問にかかったら、どんな秘密も隠し通せない。はらわたを内側からひっくり返され、あちこちに作った隠れ家や里のことはおろか、我々を密かに手伝ってくれる人達の名前、取り引きの予定と場所に至るまで、吐き出していたことだろう。そういうことを考えなかったのか！」

「………」

「おまえは恐れを知らなさすぎる。サルジーンをなめすぎている。赤いサソリ団の次期首領と、おまえを持ちあげる者達がいるらしいな。だが、とてもではないが、今のおまえにその資格はない。無謀さと勇敢さを取り違えているようではな」

「お、俺に説教するな！」

「まだそういう態度をとるか。……いいだろう。おまえ達に与えた船、白獅子号を取り上げる。しばらくはどの船に乗ることも許さん。それから、おまえとテンジンは当分、赤いサソリ号に出入り禁止だ。モーティマの料理はしばらく食えないと思え」

「うっ……」

一瞬、タンサルは幼い子供のように情けない顔をした。だが、すぐに目をつりあげ、肩を怒らせて天幕から出ていった。

それと入れ違うようにして、一人の女が入ってきた。

タスランに比べるとずいぶんと小柄な女で、年の頃は四十ほど。小太りだが、かなりの美人だ。こぼれるような愛嬌があり、若々しく、黒い髪はたっぷりとして艶がある。焦げ茶色の肌に、生き生きと輝く大きな茶の目、それに表情豊かな顔は、タンサルとよく似ていた。

女は少し悲しげにタスランを見た。

「また喧嘩になったのね、タスラン？」

「アイシャ……」

タスランの恐ろしげな三白眼に、深い愛情が宿った。

「あいつは……このところ、俺の言うことをまるで聞かない。俺が言ったことと真逆のことをしでかすのを生きがいにしているかのようだ」

苛立たしげに愚痴る白い男の手を、アイシャと呼ばれた女はそっと握り、自分の頬に押し当てた。

「あの子は……昔からあなたに追いつきたくてたまらないの。父親が大好きなのよ。それがわからない？」

「それならなぜ逆らう？」

「認めてもらいたいから。わかってあげて。あなたはそれほど偉大な人になってしまっているの。この大砂漠で、赤いサソリ団のタスランの名前を知らない人はいないでしょう？　でも、あの子にはまだそれがない。あの子はまだ、タスランの息子でしかない。それが歯がゆくてならないのよ、きっと」

「……名をあげたい気持ちはわからなくもないが、それがどうして俺への反抗につながる？　わけがわからん。……だいたい、それを言うなら、なぜあいつはおまえに反抗しない？」

「私に？」

きょとんとした顔をするアイシャに、タスランは大きくうなずいた。

「そうとも。癒やしの巫女アイシャの名は、それこそ広く知れ渡っている。おまえの涙で命を救われた者は、数え切れないほどいるではないか。おまえのやっていることは、俺よりも立派なことだ。なのに、どうしてタンサルは対抗心を燃やさないのだ？　俺にばかり噛みついてきて、不公平ではないか」

どこかすねたような口ぶりでつぶやくタスランを、アイシャは笑いながら抱きしめた。

「男の子は父親を越えたいと思うのでしょうよ。母親ではなくてね。さあさあ、とにかくその仏頂面はやめてちょうだい。息子は無事に戻ってきたんだから。ふふふ。あなたも素直じゃないわねえ。このふた月、あの子のことが心配で、気が気じゃなかったことを言ってあげればいいのに」

「……それを言っても、あいつが喜ぶとは思えない」

「まあ、確かに、子供扱いするなって、わめきそうよね。まま、少し気を落ち着けて。そうだ。今夜はきっとモーティマがうんと腕を振るって、ごちそうを作ってくれると思うわよ」

「いや、あいつらには食わせない。タンサルとテンジンは、当分赤いサソリ号に出入り禁止にしたんだ。モーティマに、くれぐれもあいつらに差し入れをしないように言っておいてくれ」

「あらまあ。それは一番堪える罰ね」

「罰とは堪えるものだ。あとラシーラにも釘を刺しておかないと。あの人も、どうもタンサルに甘くていけない」

確かにと、アイシャは苦笑しながらうなずいた。

「あの人は孫のようにタンサルをかわいがっているから。剣と操舵の弟子でもあることだしね」

「まったく。あの人にあんな甘いところがあるとは思わなかった。……俺には厳しい態度ばかりなのにな」

「いい歳してすねないの。……タンサルともう一度話をしたら？」

「いや、その前にみんなと話す」

タスランの顔がふたたび厳しくひきしまった。

「タンサルはサルジーンを生き埋めにしたと言っていた。その真偽を確かめないとならない。アイシャ、杖の翁達に連絡をとって、白鷹をサルジバットへ送ってくれるよう、頼んでくれ」

「わかったわ。……もしあの子が言っていたとおりだったら、どうするの？」

「……その時は動くしかないだろう」

タスランとアイシャは寄り添うようにしながら外に出ていった。

そこまで見届けたところで、シャンは天幕から頭を引っこめた。

色々と驚いていた。

まずタスランの異相。あれはぎょっとした。悪夢の中に出てきそうな顔とは、ああいうことを言うのだろう。

だが、少し観察すれば、尊敬に値する人物だということは、すぐにわかった。

あのアイシャという女の人は、きっとタスランの妻なのだろう。言葉と仕草の全てに、タスランへの愛情がこもっていた。タスランに妻がおり、しかもなかなかの美人であるということが衝撃だった。

そして、あの二人はタンサルの両親なのだ。まさか一緒に危機を乗り越えた若者が、赤いサソリ団の首領の子であったとは。

だが、親子の仲はあまりうまくいっていないらしい。特にタンサルのほうは、父親に複雑な想いを抱いているようだ。あの明るく豪胆な若者にあんな一面があるとは、思いもよらなかったことだ。

ここで、腹が大きく鳴った。

「うっ……」

とりあえず偵察はもう十分だと、シャンは腹に手をあてながら思った。そろそろ空腹も限界に近い。親切な人達のところに戻って、何か食べ物にありつくとしよう。

だが、天幕の間を縫うようにして進んでいた時だ。ばしゃばしゃと、大きな水音がした。

気になったシャンは、ひょいと、水音のするほうをのぞいてみた。

そこに、若者がいた。服装から見て、タンサルらしかった。大きな樽に頭を突っこんで、がしゃがしゃと髪を洗っている。

やがてタンサルは頭をあげた。

シャンは目を瞠(みは)った。

タンサルの髪は、黒から銀へと色を変えていたのである。

濡れた髪をふき始めたところで、タンサルはシャンに気づいた。

「なんだ、シャン。そんなびっくりした顔をして」

「……髪が」

「ああ。これか。こっちが本当の髪の色なんだ。目立たないように、ずっと黒に染めておいたってわけさ。この色、あんまり好きじゃないしな」

父譲りの銀髪を忌々(いまいま)しげに指でいじくるタンサル。その横顔はいつもよりも幼げに見えた。

先ほどのやりとりを知っているだけに、シャンはなんと声をかけたらいいか、わからなかった。

途方にくれていると、バッサンがこちらに近づいてきた。まだ例のアザが痛むらしい。少し顔色が悪く、腹を押さえている。だが、その目は期待に輝いていた。

「タンサル！　首領は？　な、なんて言ってた？」

「……怒ってたよ」

「怒ってたぁ？」

「ああ。白獅子号を取り上げるとさ。おまけに俺とテンジンは、しばらくモーティマの料理もおあずけだ」

「……そんなことってあるかよ！」

バッサンはそばかすだらけの顔を真っ赤にして怒鳴った。

「なんでそんな罰を受けなきゃならないんだ。俺達は他の誰にもできなかったことをなしとげたんだぜ？　誰がどう考えたって、大手柄だろ？　おまえ、そう言わなかったのか？」

「言ったさ。でも、しくじったらどうするつもりだったんだって」

「成功したんだから、そんなことはどうでもいいじゃないか！　ああ、もういい！　俺、直接首領に話をつけてくる！」

バッサンは身を翻(ひるがえ)して駆け去った。

ふたたびシャンとタンサルの二人きりとなった。タンサルはどこか疲れたような目で、赤毛赤目の少年を見た。

「なあ、シャン。俺の親父が何者か、知ってるか？」

「赤いサソリ団の首領でしょ？」

「英雄だよ」

タンサルの声には悲愴な響きがあった。

「赤いサソリ団の頭目で、自由を愛する者達の守護者だ。身贔屓で言ってるんじゃないぜ。親父がいなかったら、誓ってもいい、サルジーンはとっくの昔に大砂漠の全てをたいらげていただろうさ。……まったく、親父はすごいやつさ。昔はあちこちを放浪していただけあって、知識と機転は半端ない。生きのびることに長けているんだ。五十を超えて、いまだに剣の腕前も衰えていないし。しかも、人とのつながりも深い。猿小人一族が加わったのだって、親父の手柄だ。昔、テンジンの母親と旅をした間柄で、それがきっかけで猿小人達と親交を結ぶことができたそうだ」

「…………」

「それにな、ここには魔族がいるんだぜ」

「ま、魔族が？」

「そうとも。一人はモーティマって言って、昔から赤いサソリ団にいる女魔族だ。料理の名人で、親父の船、赤いサソリ号の厨房に住んでいる。もう一人は、イルミンっていう小さな魔族で、こいつはなんと、戦いの時には親父の手になってくれるんだ。昔、親父に世話になったから、そのお礼だと言っているけど、なんのことはない、イルミンは親父のことが好きなんだ。だから、力を貸すんだ。おかげで、親父はサルジーンとも互角に剣を交えることができるってわけさ。……人間嫌いな魔族に、友として認められているほどの男なんだよ、親父は」

かないっこないよなと、タンサルは自嘲的に濡れた髪をかきあげた。

「親父のど肝を抜いてやりたいと思うのに、親父は十歩も二十歩も俺の先にいるんだ。それに……ここでもどこでも、誰も俺をタンサルとみてくれない。タスランの息子というのが、俺なんだ。子供っぽいって、わかっちゃいるんだぜ？　それでも……俺は、俺になりたいんだよ」

そうつぶやくタンサルに、シャンは急に親しみがこみあげるのを感じた。この若者とマハーンの姿が重なって見えたのだ。

マハーンも必死だ。与えられたものをのみこみ、自分の血肉にし、イシュトナール二世になろうとしている。イシュトナール二世になることが、マハーンがマハーン自身になることだから。

「いつか、なれるよ。タンサルって名前は、きっと大砂漠中に轟くよ」

いつもマハーンを励ましていたのと同じ言葉、同じ想いをこめて、シャンは言った。

タンサルははっとしたように顔をあげ、それから照れたように笑った。

「すまないな。ここへ来たばかりのおまえに、こんなことを言うなんて、どうかしていた」

「いいよ。気持ちはわかる気がするから」

「ははは。おまえ、ませてるなぁ」

その時、タンサルの腹が大きく鳴った。それにつられるかのように、シャンの腹も盛大にわめいた。

二人は顔を見合わせ、ぷっと、ふきだした。

「飯、食いにいくか？」

「うん！」

すでにおいしそうな匂いがここまで漂ってきていた。その匂いをたどろうと、二人で足並みそろえて歩き始めた時だ。

うわああっと、ものすごい悲鳴が聞こえてきた。シャンは身をすくめ、タンサルは顔色を変えた。

「会合用の大天幕からだ！　……親父！　おふくろ！」

稲妻のごとく走りだしたタンサルを、シャンは慌てて追っていった。

## *18*

シャンとタンサルが村の中央にある大きな赤い天幕に飛びこんだ時、中は混乱の極みにあった。悲鳴をあげる者、医者を呼べと叫ぶ者、わけもなく走り回る者もいれば、真っ青な顔をして立ちすくんでいる者もいる。

中央では、タスランをはじめとした数人が、暴れている若者を抑えつけていた。その若者、人間とは思えないような悲鳴をあげて、のたうちまわっているのは、そばかす顔のバッサンだった。

「バ、バッサン！」

「来るな、タンサル！」

走り寄ろうとするタンサルを、タスランが一喝した。その額には大粒の汗が浮かんでいた。

タンサルは父親の警告に何かを感じ取ったらしい。足を止め、そばにいた女を捕まえて、「どうなっているんだ？」と問うた。

「わ、わからないのよ。バッサンが大天幕に駆けこんできたんだけど、何か言う前に、いきなり絶叫して苦しみだしたの！」

「いきなり？」

「そう。……ああ、見て！　彼のお腹が！」

女が悲鳴のような声をあげた。後ろにいたシャンも、悲鳴をあげそうになった。

仰向けに抑えられているバッサンの腹が、妊婦のように大きく膨れあがっていた。しかも、ぐねぐねと動いている。中で何かが暴れているのだ。

「だめだ！　いったん腹を割く！　中のものを出さないと、バッサンが死ぬぞ！」

「じゃ、レバさんを……」

「待ってる暇はない。俺がやる。そのまま押さえておいてくれ！」

白い顔をさらに白くしながら、タスランが細い短刀を引き抜いた時だ。

「ぐがあああああっ！」

ひときわ大きな絶叫をバッサンが放った。その体は鞠のように跳ね、押さえられていた両腕と右足がごきりと折れた。

あまりのことに、押さえていた者達はぱっと手を離した。

「嘘だろ……な、なんなんだ、これは？」

バッサンはもう叫んでいなかった。かわりに、ごきごきと音がした。体の中に入りこんだものが、内側から骨を折り曲げていっているのだ。

バッサンの腹がぐうっと大きく持ちあがり、そして、ついに弾けた。その時あがった血しぶきは、天幕の天井にまで届いた。

むせるような濃厚な臭気があふれる中、バッサンの裂けた体から、ずるずると、長いものが出てきた。

　シャンは最初、蛇だと思い、次にサソリだと思った。だが、そのどちらでもなかった。

　それは長く、節くれだった漆黒の生き物だった。細い人間の腕が、まるでムカデの足のごとく無数に生えている。背中には棘のように背骨が突き出ており、頭には縮れた角が四本生えていた。その顔は人間のものだった。まだ若い、それも美しい男の顔であったのだ。

　あまりのことに、周囲の人間は誰一人動けなかった。タスランですら、立ちすくんでいた。

　その間に、血と肉片にまみれたそれは、みるみる成長していった。一呼吸するごとに大きくなり、あっという間に人の背丈の二倍ほどにもなった。

　そこまで育ったところで、ぱちりと、それはそれまで閉じていたまぶたを開いた。あらわとなった両目には、濁った紫色の瞳がそれぞれ二つずつ、はまっていた。

　その異様な目をきろきろとうごめかせ、異形は周囲を見回した。そしてすぐに獲物を定めた。

「うぶ。うぐぐぐ」

　喉を鳴らすような含み笑いをしながら、異形はタスランへと向かっていった。

　巻き添えを食らわせまいと、タスランはそばにいた者達を突き飛ばした。その一瞬の動作が、命取りとなった。腰の刀を引き抜くのが、わずかに遅れたのだ。

　細い無数の腕がタスランにおおいかぶさるように襲いかかった。抱きすくめられ、タスランは体の動きを封じられたまま、天幕の柱に叩きつけられた。

　そのまま噛み殺すつもりなのだろう。異形は口を開け、鋭い牙を剝き出しにしてきた。

「お、親父！」

「タスラン！」

タンサルや他の者達が助けようと、慌てて駆け寄ろうとした。だが、その動きはあまりに鈍かった。数人の猿小人(さるこびと)が棘(とげ)のついた鉄つぶてを放ったが、異形の体は甲冑(かっちゅう)のようにそれらを弾き飛ばし、傷一つ負わなかった。

間に合わない。

誰もがそう思った時だった。

緋色(ひいろ)の玉のようなものが稲妻(いなずま)のように飛んだ。それは人々の頭の上を飛び越え、タスランの頭にかじりつこうとしていた異形の背中にぶつかった。

じゅっと、肉の焼ける音と、嫌な臭いが立ちのぼった。

突然の攻撃を受け、異形は「ぎえっ！」と声をあげた。その腕に向かって、また火の玉が飛んできた。それは生き物のように飛びかい、次々と異形の腕を焼き落としていく。

異形はしつこい火の玉を追い払おうと腕を振り回したが、さらに腕が落ちるか、火傷(やけど)を負うだけだった。

ついに、タスランがどさりと下に落とされた。怒りの声をあげ、異形はタスランを押しつぶそうとした。腕がなくなろうと、まだ牙はある。そう思ったのだろう。

だが、そうする前に、今度は金色の火花が走ってきた。火花は異形の体を駆けあがり、真紅の炎となって醜い体を包みこんだ。

そのあとはまさに一瞬だった。炎は異形だけを食いつくし、あっという間に黒い燃えかすと化してしまったのである。

異形、そして炎が消えたあとも、その場にいる者達は動けなかった。全員が呆けたような顔をして、今起きた怪事に頭を巡らせていたのだ。

そんな中、タスランはいち早く我に返った。

「怪我している者はいないか？　いたら、アイシャのところに行ってくれ」

「首領……い、今の火はなんだと思います？」

「わからない。だが、間違いなくただの火ではない。あの異形もそうだが、魔法によるものだろう。だから、少しでも傷を負った者は、アイシャの涙で治療してもらったほうがいい」

タスランの言葉に、あたふたと、数人が外へと駆けていった。

別の者達は心配そうにタスランに近寄った。

「そ、そういうあなたはどうなんです？」

「そうですよ。異形につかまれていたけれど」

「打撲は負ったが、皮膚を切り裂かれてはいない。大丈夫だ。……タンサル」

父親に声をかけられ、バッサンの裂けた亡骸を見ていたタンサルは肩をびくりと震わせた。

「タンサル。バッサンはおまえの友人だった。……彼がいつから魔法使いの蟲を腹に宿していたか、おまえ、見当はつくか？」

「うっ……」

「思い当たることがあるようだな？」

「お、俺達と合流する前に、変なやつらに追いかけられたと言っていた。逃げ切れたけど、つぶてを腹に食らって、アザができたって。そ、そのアザが痛むと言っていた」

「そうか。おそらく、その時に蟲の卵を仕込まれたのだろうな」

「………」

「誰か、バッサンの亡骸を集めてやってくれ。弔(とむら)ってやりたくても、このままではあまりに不憫(ふびん)だ」

ばっと、タンサルが膝をついた。その顔は蒼白だった。

「俺がやる。俺一人で、や、やらせてください」

「……いいだろう。では、彼のことはおまえにまかせたぞ」

息子から目を離し、タスランは今度は仲間達に向き直った。

「今、アイシャが杖(つえ)の里と連絡をとっている。すぐに白鷹がサルジバットの都に飛び、サルジーンがどうなったかを調べてくれるだろう。我々が動くのは、やつの生死がはっきりしてからだ。だが、いつでも出撃できるように、準備だけはしておこう。各隠れ家の者達にも、そう伝えてくれ」

「はい！」

「それから、タンサル達が保護した子供達を見ておこう。もしかしたら、卵に寄生されている者がまだいるかもしれない」

「そんな……」

「なにしろ、魔法使いの産物だからな。バッサンの内部で増えて、他の者に移らなかったともかぎらん。用心に越したことはない」

この間、シャンはじりじりと後ろにあとずさりをしていた。誰にも見とがめられないよう、こっそり天幕から出ていこうとしていたのである。

幸いなことに、先ほどの火の玉と炎がシャンのしわざだとは気づかれていないようだ。自分が力を持っていることは、まだまだ秘密にしておきたい。

それにシャンは動揺していた。

どうして、赤いサソリ団の首領を助けてしまったのか。もともと、カーンから殺せと命じられていた相手だ。見殺しにしたって、いっこうに構わなかったはずだ。むしろ、これでタスランが死んでいれば、シャンは堂々とマハーンのもとに帰ることができただろう。直接手を下したわけではないにしろ、シャンの目的は達成されたことになるのだから。

だが、タスランが殺されそうになるのを見たとたん、そしてタンサルが「親父！」と絶叫するのを聞いたとたん、むらむらと異形への憎しみがわきあがったのだ。その憎しみに駆られるままに、シャンは自分の中の炎を解き放っていた。

正気に戻った今は、そんなことをしてしまった自分が信じられない。少し一人で考えたい。考える時間がほしい。

ようやく天幕の出入り口までたどりついた。だが、身を翻(ひるがえ)そうとしたところで、壁に阻まれた。

「えっ？」

ぎょっとするほど大きな太った女が、天幕の前に立ちふさがっていた。肌は夜のように黒く、鮮やかなスモモ色の衣がよく映えている。たっぷりとした唇は赤く、目の色もうっすらと紅い。頭の両脇から生えている大きな耳は、象そっくりだ。そして、そのオレンジ色の髪は燃える炎でできていた。

シャンはあっけにとられて女を見つめた。女は、何重にも腕輪をはめた手に、大きなおぼんを持っていた。そこには、おいしそうなごちそうの数々が載っていたが、シャンはそれらに気づくこともできなかった。ただただこの不思議な女に驚いてしまったのである。

一方、シャンが驚いているのと同じくらい、相手の女も驚いた様子だった。張り裂けんばかりに目を見開き、その体はわなわなと震えている。ついには、手に持っていたおぼんを取り落としてしまった。

がしゃがしゃんと、ものすごい音がした。

天幕の中の者達が、いっせいにこちらを振り向いてきた。

「モーティマ？　どうしたんだ？」

「おい、モーティマ」

声をかけられても、女は返事をしなかった。誰の声も聞こえていない様子で、ただただ目の前にいるシャンを見下ろしている。

だが、次第にその顔つきが変わっていった。厚い唇が歪み、丈夫そうな真っ白な歯がぎりぎりときしる。薄紅色の目が燃えあがり、髪の炎も音を立てて火花を散らしだした。

「お、おまえは……」

すさまじい形相で、モーティマはシャンに迫ってきた。

「おまえ！　こ、この盗人！」

シャンは逃げることもできず、左肩と右腕をつかまれてしまった。

モーティマの大きな手の中では、シャンの肩も腕も小枝同然だった。それでもモーティマは容赦せず、がっちりと指を食いこませてくる。スモモ色に染められた爪が刺さり、シャンはたまらずに悲鳴をあげた。

タスランが飛びだしてきた。

「よせ、モーティマ！　そんな子供に何をするんだ！」

「子供なんかじゃないよ！　こいつはどろぼうだ！　汚らわしい盗人なんだ！　許さないよ！あの方のものをお返し！」

正気を失ったような目をしながら、モーティマは邪魔しようとするタスランに体当たりを食らわせた。もちろん、シャンのことは一瞬たりとも離そうとしない。

痛みと恐怖に、シャンは殺されると思った。

生きのびるためには、力を使うしかない。

シャンは自由に動く左手をモーティマの右手首に当てた。

このまま手首を弾き飛ばしてやる。

だが、放った力はモーティマを傷つけることなく手のひらからあふれ、横へと落ちていったのだ。

ぼたぼたと、まるでしずくのように落ちていく火花と火の玉に、誰もが息をのんだ。

だが、シャンの驚きはそんなものではなかった。

蛇のような魔族を狙いそこなった時とはわけが違う。触れていた相手から炎が外れるなど、想像もしなかったことだ。

だが、呆然とするシャンを、モーティマは憎々しげに睨みつけた。

「その力……やっぱりね。あのお方から盗んだものだ。いやらしい！　許せない！」

ぐっと、モーティマの体に力が入りかけた時だ。向こうからアイシャが走ってきた。銀色の猿のようなものを肩に乗せている。

「モーティマ！　何をしてるの！」

アイシャの叫びに、モーティマは我に返ったように目をしばたたかせた。

「……しまった。ここで殺しても、あのお方が目覚めるともかぎらないか」

「モーティマ！」

「ああ、もうここじゃ埒があかない」

うるさそうに、モーティマは象のような耳をはためかせた。

「悪いが、タスラン、しばらく留守にするよ。その間、食事の支度は自分達でやっとくれ」

そう言うと、モーティマはシャンを小脇に抱え、指を鳴らした。ぱちんと音が立ったとたん、モーティマとシャンの姿はオレンジ色の炎で包まれた。

炎が消えたあとには、二人の姿もかき消えていた。

どうなっているんだと、赤いサソリ団の者達は目を白黒させた。

「なんだって、モーティマはあんなに怒っていたんだ？」

「それより、あの赤毛の子、火を出していたわ」

「ああ、私も見たよ」

「じゃ、さっきの蟲を倒したのは、あの子だったのか？」

「たぶん、そうじゃないか」

だが、タスランはそうしたささやきには加わらなかった。アイシャが少し離れたところでうずくまっていたからだ。

彼は妻のところに飛んでいった。

「アイシャ、どうした？　苦しいのか？」

「違うの。胸がうずいて。……琥珀が騒いでいる」

「しっ！」

タスランは思わず周囲に目を配った。

アイシャの胸には、世にも見事な宝石がはまっている。艶やかに光を放つ緑の琥珀は、じつは魔族の王の一人、白の王の目であり、世界を見ていたいという望みを託したものだ。まだほんの少女の頃に、アイシャは琥珀に選ばれ、その見返りとして、その涙には癒やしの力が宿った。だが、そのことを知る者は、赤いサソリ団でも一握りだ。

誰にも聞かれていないことを確かめてから、タスランは妻にささやいた。

「琥珀が騒ぐとはどういうことだ？」

「わ、わからない。とにかくあの子、あの赤い髪の男の子を見たとたん、琥珀が脈打ちだしたの。嫌な感じじゃないけど、とにかく激しいわ。こんなの初めてよ」

「ぼ、ぼくも感じた」

アイシャの肩に乗っていた小さな生き物も、ささやいた。

タスランはそちらを見た。毛のない銀色の体に、白と黒の細かな宝石をちりばめた小さな魔族イルミンを。

「イルミン、何を感じたというんだ？」

「ち、力だよ。どこまでも赤い力だった。今の子供からだ。……あれは……赤の君……」

「なんだって？」

今度こそタスランは絶句した。同時に悟った。もはやあの子供は、自分が干渉してよい領域にいないのだということを。

# 19

モーティマに抱えられたあとのことを、シャンはよく覚えていない。

ただ自分達が動いている感覚はなかった。ひらめくオレンジ色の炎の向こうで、様々な景色が浮かんでは消えていく。それが目まぐるしく繰り返され、すぐに目の奥が痛くなった。だから、見ることをあきらめ、ぎゅっと目を閉じたのだ。

そうすると、音すら聞こえないことがわかった。感じるのは、モーティマの肌の熱、そしてその肌から漂ってくる様々な香辛料の匂いだけだ。

いい匂いだと、こんな時だというのにシャンは思った。

たぶん、この異形(いぎょう)の女は料理をするのだ。ああ、そういえば、ごちそうを運んでいたっけ。全部落としてしまって、本当にもったいない。あれが今、目の前にあるなら、夢中でむさぼるだろうに。

だが、そんなだらだらとした想像も長くは続かなかった。

ふいに、空気が変わった。鼻毛がちりちりするような熱気、鉄が燃えるような匂いが大気に満ちるのを感じ、シャンははっとして目を開けた。

息が止まるかと思った。

今や、シャンとモーティマは、漆黒の暗闇の中に浮かんでおり、その目の前には山のごとくそびえる王宮があった。

だが、山のごとき大きさであっても、それは美しい建物であった。

全体は、赤みをおびた黒い金属でできていた。そのつるりとなめらかな金属には、黄金の筋が無数に埋めこまれており、建物全体をなんとも見事な縞模様に彩っている。塔の屋根は赤い結晶で覆われ、まるで炎が灯っているかのようだ。実際に、あちこちから色とりどりの炎がとめどなくふきだしており、貴人を飾る宝石のようにきらめいている。

炎の王宮。

シャンがそう思った時には、モーティマはシャンを抱えて、一気に王宮へと近づいていた。

扉のない大門をくぐり、二人は中に入った。中は暗く、静かで、ひんやりとしていた。外側はあんなにも燃えていたというのに、王宮内に火の気はまったくないようだ。壁や柱にはめこまれた真紅や赤紫色の宝石が、うっすらときらめいているだけだ。

薄闇に満たされた長い長い廊下を、モーティマは鳥のように飛んでいった。そして、ふいにシャンを放り出したのだ。

硬い床の上に投げ出され、シャンはしたたかに尻を打ってしまった。痛みをこらえながら、よろよろと立ちあがり、周囲に目をこらした。

そこは大きな広間のようで、薄闇と、もの悲しい嘆きが重くたれこめていた。

誰かがため息をついている。それも、一人や二人ではない。何十、いや、もしかしたら百近くいるかもしれない。

悲しみの気配はあまりにも深く、シャンまでのみこまれそうになった。

だが、その場に満ちる重い空気にも沈黙にも、モーティマはひるみはしなかった。

「申しあげます！　眷属モーティマ、憎き盗人を引っ捕らえてまいりました！」

音のない激震が走った。

すうっと、全てが明るく浮きあがってきた。光を放っているのは、それぞれ不思議な姿をしている者達だった。

あるものは岩さながらのごつごつとした体をした男で、その節々から生えた水晶が赤々と輝いていた。

あるものは頭が二つある大トカゲで、体を覆う橙色の鱗が燃えるようにきらめいていた。

モーティマと同じく、火の体毛を持つものもいた。たくましい男の体に、黒馬の頭を持つもの。

金獅子の体に人間の顔を持つもの。いずれもたてがみは翻る炎だ。

炎の翼を生やした子供や、緋色の角を持った山羊の姿もある。

彼らの瞳の色はみな赤に連なる色をしており、驚きと期待に揺れながらモーティマとシャンを凝視してきた。

彼らは人が作り出した異形などではないと、シャンは気づいた。

確かに思いもよらぬ姿をしているが、異形のような不自然な歪さはどこにもない。むしろ美しく、調和がとれている。

魔族だ。

こんなにもたくさんの魔族を目にする日が来ようとは。

言葉を失っているシャンの前に、一人の魔族が進みでてきた。人に似た姿だったが、そのしなやかな体は赤みをおびた金色で、豹のような美しい斑紋で覆われている。長い尾も生えていたが、そちらは朱色の鱗でかためられていた。

豹のような魔族は、繊細な白い顔立ちをしており、その瞳はシャンより少し色の曇った暗紅色だった。

その目を見た瞬間に、シャンは悟った。この魔族は強い。たぶん、モーティマの何十倍も。

身をすくめる少年を、金斑の魔族はじっと見つめた。それからようやく声を発した。

「間違いないようだね。……子供、名前は?」

男とも女とも思えるような柔らかな声音に、シャンは逆らいようもなく返事をしていた。

「シャ、シャン……」

「では、シャン、こちらに来なさい。おまえは自分が何をしたのか、知らなくてはならない」

くるりと背を向け、魔族は前へと進みだした。

モーティマに背中を押され、シャンは豹柄の魔族のあとを追っていった。そうして魔族達の間をかきわけるようにして、前に進んだ。

魔族達は無言で道を空けてくれた。が、シャンは肌がひりひりした。彼らから強烈な憎しみと怒りが放たれていたからだ。濃厚な殺意を感じたのも一度や二度ではない。

どうしてだと、泣きたくなった。

今まで魔族を傷つけたことはない。恨みを買うようなことはしていないはずなのに。

寿命がどんどん削れていく気がした。だから、ようやく魔族達の間を抜け出せた時は、心底ほっとした。

だが、ほっとするのはまだまだ早すぎたようだ。

シャンの前には、不思議な光景が広がっていた。そこには清らかな丸い泉があった。水面は鏡のように静まり、ただただ澄んだ光を放っている。

近づき、シャンはそれが水晶だと知った。水よりも透きとおった巨大な水晶の塊が、床の中にはめこまれているのだ。その底には、真紅の華麗(かれい)な甲冑(かっちゅう)と、見事な大剣が静かに眠っていた。

「あれは、我らが王の甲冑と愛刀。この十年、使われることなく、ここに封じられたままだ。赤の君が目覚めぬかぎり、あれらがこの水晶から出てくることはない」

「赤の、君……?」

「我らの王、赤の眷属を統(す)べたもう魔王のことだ。我らが心から愛し崇(あが)めるお方のことだ」

そう言いながら、豹柄の魔族は上をあおいだ。シャンもつられて首をあげた。

天井からは何か大きなものがぶらさがっていた。と、それがするすると下降してきた。

きらめくような細い糸で吊されているのは、卵のようだった。殻(から)は極めて薄いようで、中身が透けて見える。その中に入っているのは、鳥の雛(ひな)でも蛇や亀の子でもなかった。

子供だ。

長い黒髪をゆらゆらさせながら、子供が一人、卵の中で身を丸めていた。歳はシャンと同じくらいに見え、目は閉じている。でも、すばらしく美しいのははっきり見て取れる。ただ美しいのではなく、そこには覇気があった。

幼いながら獅子を思わせる子供に、シャンは思わず見惚れてしまった。目覚めてほしいと心から思った。

閉じたまぶたの下にあるのは、どんな瞳だろう？　そのきれいな唇はどんな声を放つのだろう？　見たい。聞きたい。

知らないうちに手が伸びていた。

だが、卵に触れることを、豹柄の魔族は許さなかった。シャンと卵の間に割って入り、凍てつくようなまなざしをくれたのだ。

たちまちシャンは我に返り、手を引っこめた。自分の大胆さに冷や汗が出た。

明らかに、この卵は特別なものだ。きっと、魔族達の宝とも言えるものだろう。それに軽々しく触れようとするなんて、なんて考えなしだったんだろうか。

思わず顔をうつむけるシャンに、豹柄の魔族は静かに語りだした。

「おまえは知らないだろうが、魔族には三人の王がおられる。青の王、白の王、赤の王。その継承は三人三様だ。青の王は我が子に王位をお譲りになる。白の王は不変ゆえに常にその玉座におわす。そして我らが赤の王は、蘇りをなさるのだ」

「よ、蘇り？」

「言葉どおりの意味だ。古く傷ついた肉体を一度灰となし、そこから新たな体をまとって蘇る。力も記憶も魂も何一つ失わぬまま、ただ肉体だけを新たなものとするのが、赤の君の代替わりなのだ」

終わりの時が来ると、赤の王の体は炎に包まれ、燃えつきる。だが、その灰の中には卵が残されており、そこからふたたびこの世に誕生する。新たな肉体に、古き記憶と魂を宿して。それが赤の王の理（ことわり）なのだという。

だが、その理が崩されたのだと、豹柄の魔族は苦々しげに言った。

「十年前、赤の君は蘇りをなさるはずであった。王は明らかに疲れ切っておられた。体は傷つき、もはや限界に近かった。一刻も早く、新しい体が必要だと、誰の目にも明らかだった。そして、ついにその時が来た。王の滅びを、私スジャルタンは見届けた。喜ばしくも悲しく、残酷だが美しい光景だった」

その時のことを思い出したのか、スジャルタンの目に涙が浮かんだ。他の魔族達からもすすり泣きがこぼれた。

「全てが終わったあと、私は灰をかきわけ、卵を取り出した。すでに命が宿っているのがわかった。ああ、どんなに愛おしかったことか。王の誕生を待ち望みながら、私は卵をお守りした」

だが、いくら待っても、卵は孵化（ふか）する様子を見せなかった。いつもであれば三年ほどで誕生するはずが、五年経っても、七年経っても、まったく目覚める気配がないのである。しかも、卵の中では、王は順調に大きくなっているというのにだ。

これは一大事と、赤の眷属達は騒ぎだした。博識の魔族が集められ、卵は慎重に調べられた。

その結果、王の肉体も魂も健在ながら、ただ一つ、その力だけが欠けていることがわかった。

今度こそ、赤の眷属達は大恐慌をきたした。


いつ、どこで、どのようにして失われたのか？

そもそも王から離れた力はどこにあるのか？

よもや消滅してしまったのではあるまいか？

その場合、王は永遠に目覚めないということか？


様々な憶測が悲鳴と共にあがったが、ともかく希望を捨てずに、失われた力の行方を追おうということになった。それは全ての赤の眷属へと伝えられた。体の大きさや魔力の強さに関係なく、赤の眷属達はそれぞれの全力を持って、王の力を探し始めた。

そして、今、モーティマがシャンを連れて来た。その場にいる魔族全員が確信した。この子供が、愛してやまない自分達の王の力を持っていると。

それは許しがたいことであり、憎んであまりある罪であった。

そこまで語ったところで、スジャルタンは改めてシャンを見た。今やその目は赤々と燃えだしていた。

「山の深淵、空の果て、海の底をいくら探しても見つからないはずだ。まさかおまえのような人間の子供が、力を盗んでいたとは思いもよらなかった。だが、見つけたからには返してもらう。シャン、赤の王の力をお返し。それはおまえのものではないのだから」

「お、俺……」

「持っていないとは言わせない。隠しても無駄だ。我々にはわかるのだから」

「そのとおりだよ！」

モーティマが声をはりあげた。

「あたしは実際、この目で見たんだ。あんたは火の玉を放った！　何もないところに火を生じさせた。金と緋色の火花は、見間違えようのない我が君のものだ！」

「ほら、モーティマもああ言っている。よもや覚えがないとは言わないだろうね？」

「………」

シャンは黙りこんだ。

自分の力、火を作り、操る力が、まさか魔王のものだったとは。

この力が目覚めたのは、ドルジ親方の死がきっかけだ。だが、それ以前から、力はずっとシャンの中にあった。物心ついた時には、すでに体の奥底に感じていたのだ。

だからずっと、自分が生まれ持ってきたものだと思っていたのに。返せと言われても、どうやったらいいのか、わからない。

正直にそう言うことにした。

「わ、わからない。どうしたら返せるか、ほんとにわからないんだ」

「ならば、おまえを殺そう」

あっさりとスジャルタンは言った。

「おまえを殺し、その血を卵にふりかけてみよう。そうすればきっと……きっと王は目覚めよう」

伸びてきたスジャルタンの手には、長いかぎ爪が生えていた。

シャンはとっさに自分の腕に炎をまとわせ、振り払おうとした。だが、炎はスジャルタンを傷つけなかった。相手の肌に触れたとたん、まるで鱗が剝がれるように、ぼろぼろと炎はシャンの腕から落ちていったのだ。

まただ。モーティマの時と同じだ。

目を瞠るシャンに、魔族達からいっせいにののしりと嘲笑が浴びせかけられた。スジャルタンも、苛立ちと嘲りの入りまじった声を放った。

「愚か者め！　我が君の力で、我ら魔族を傷つけられると思ったか！　その力は我らを守るためのもの。堕魂し、魔物と化したものを浄化するために使われる力なのだぞ！」

スジャルタンの言葉の半分は、シャンには理解できなかった。だが、これだけはわかった。

この火の力は、魔族を傷つけられない。蛇のような魔族を狙った火の玉がそれたのも、モーティマに押し当てようとした炎がこぼれ落ちたのも、全てはそういうわけだったのだ。

だが、謎が解けたことを喜ぶ暇はなかった。スジャルタンの爪に頬をえぐられ、シャンは慌てて身を転がし、第二、第三の攻撃を避けた。

いつの間にか、冷たい水晶の上に立っていた。足下に沈んでいる甲冑と剣を、シャンは喉から手が出るほどほしいと思った。

特にあの剣があれば。

あまりに大きくて、シャンでは振るうこともできないだろう。それでも、少しはスジャルタンをひるませることができるかもしれない。そして、ひるませている間に、次の手を考えつけるかもしれない。

シャンが目まぐるしく考えているのを見て取り、スジャルタンはあきれたように言った。

「往生際が悪い盗人だ。我々は決してここからおまえを逃がさない。それがわからぬほど愚かなのか？」

「お、俺、ちゃんと返す！　赤の王のものなら、力は返すよ！　だから、殺さないで！　お願いだから、殺さないで！」

「すがすがしいほどの命乞いだね。だが、だめだ。我々はすでに十年も待ったのだ。……眷属の何人かが魂をなくし、魔物と化した。赤の君がおわさぬために、彼らの苦しみは続いている。これ以上は待たない。待つわけにはいかないのだ」

じりじりと、スジャルタンが迫ってきた。

追いつめられ、シャンは涙をこぼした。

どうあっても自分は許されないのだ。この魔族達には慈悲を求められないのだ。

痛烈に悟ったこの時だった。足下の硬い水晶が、ふいに水のようになった。

じゃぶんと、シャンは水晶の中にのみこまれた。

スジャルタンが何か叫んで、シャンを捕まえようとした。が、その手はふたたび硬くなった水晶にはじかれただけだった。

そして、シャンは水晶の中にどんどん沈んでいった。必死でもがいても、なんの手応えもなく、ただただ落ちるように沈むだけだ。息はできなかった。いくら息を吸いこもうとしても、口にも鼻にも何一つ入ってこないのだ。

苦しさに気が遠くなりかけた時、誰かに手をつかまれた。その瞬間、息苦しさが消え、普通に呼吸ができるようになった。

「あっ！」

シャンは目を瞠った。

目の前に見覚えのある魔族がいた。一筋の帯のように長い下半身は緑青色にきらめき、ほっそりとした上半身は銀色に輝いている。その淡い水色の瞳に、今は涙はなかった。

シャンが見逃してやったあの魔族だった。体の傷はだいぶ癒えており、シャンをつかむ手からも力強さが伝わってくる。

そのまま、魔族はシャンをぐんぐんと深みへと引っぱっていった。

いつの間にか、そこは水晶の中ではなく、どこか地下深くの川の中のようになっていた。

暗い水の中にあっても、シャンは息苦しさも冷たさも感じなかった。きっと、この魔族がシャ

ンに力を分け与えて、守ってくれているからなのだろう。

「どうして……？」

ぽつりとつぶやくと、返事があった。

「あなたが助けてくれたから。だから、恩を返す」

魔族の声は鈴を振るように澄んでいた。こんなきれいな声を持つ者を殺さずにすんだことを、シャンは幸いに思った。

「私は青の眷属。水と空が私の領域。水がある場所になら、どこにでも行ける。あなたの気配をずっと追っていた。間に合ってよかった」

「で、でも……さっきの広間に水はなかったよ？」

「水晶があった。水晶もまた水の力を持つから、そこから道を通じさせることができる」

「……すごいんだね」

ただしと、ふいに魔族の声が鋭くなった。

「助けるのはこれが最初で最後。赤の君の力を盗んだ者をいつまでも庇いとおすほど、私は優しくない」

「…………」

「そのかわり、どこでも送ってあげる。どこに行きたい？　望みの場所はどこ？」

望みの場所。それは一つしか思い浮かばなかった。

「友達のいるところ。マハーンって名前なんだ。彼のところに行きたい」

今こそマハーンに会いたかった。

わかったと、魔族はうなずいた。

「それなら、目をつぶり、その子のことだけを考えて。その子の姿、笑い方、しゃべる声を思い出して。それで道は通じるから」

「うん」

それはたやすいことだった。シャンは目を閉じ、ひたすらマハーンのことを強く思った。

きっとマハーンは両手を広げて、シャンを迎えてくれるだろう。その時の言葉さえ、はっきり思い浮かべることができた。

どこ行っていたんだよ、シャン。ああ、でも戻ってきてくれて、本当によかった。寂しかったよ。

マハーンはそう言ってくれるはずだ。ああ、会いたい。会って、色々なことを話したい。自分が見聞きしたもの、知ったことを、マハーンに教えてあげなくては。

そう念じている間も、水がごうごうと体の横をすり抜けていくのを感じた。かなりの速さで、魔族は流れの中を泳いでいっているようだ。

そして、唐突にそれは終わった。

シャンは大きく投げだされ、水しぶきと共に硬い床へと叩きつけられたのだ。あまりの衝撃に、しばらくは動くこともできなかった。

ようやく動けるようになると、シャンはよろよろと立ちあがり、ずぶ濡れのまま周囲を見た。

そこは長い廊下で、どうやらシャンは壁に飾ってある鏡を抜けて出てきたらしい。周囲にはまったく人気がなかった。もちろん、マハーンの姿も見当たらない。

ここはどこだ？　マハーンはどこだ？

途方に暮れていたシャンだったが、ふいにあることに気づいた。

床だ。赤と黒の、気味の悪い斑(まだら)模様の大理石でできている。

これは前に見たことがあると、シャンははっとなった。

サルジーンの王宮カガンマハルだ。間違いない。この廊下を通って、シャンと子供達はサルジーンのいる玉座の間に連れこまれたのだ。

よりにもよって、なんてところに送り届けてくれたのだろうと、シャンは焦った。

嫌がらせかとも思ったが、すぐに思い直した。あの魔族が嘘をつくとも思えない。きっと、マハーンはこのカガンマハルのどこかにいるのだ。

よくよく耳を澄ませば、激しい怒号や剣戟(けんげき)の音がかすかに聞こえてきた。戦いが始まっている。

サルジーンの訃報を聞いたダーイラムが、ついに起(た)ったということだろうか？　マハーンを先頭に、一気にカガンマハルに攻めてきたのかもしれない。ああ、おおいにありえることだ。

胸を高鳴らせながら、シャンは廊下を走りだした。

きっとマハーンは玉座の間を目指す。そこに行けば、マハーンと合流できるはずだ。

だが、途中にある中庭を通りかかったところで、シャンの足は止まった。

中庭はひどい有様だった。植えてある樹木はあちこち切り払われ、枝や葉が散乱している。赤と金のガラス張りの天井には、なぜか大穴が開いており、砕けた破片でそこら中がきらきらしていた。

そして、中央の大噴水の前には、赤いサソリ団の首領タスランが立っていた。体は血まみれで、肩からは矢が生えている。

そのタスランに向けて、新たな矢をつがえようとしている者がいた。

「マハーン！」

シャンの絶叫が、中庭に響き渡った。

## 20

さて、時は少し遡る。

赤いサソリ団の空飛ぶ島では、タスランを中心に話し合いが持たれていた。

サルジーンが死んだかもしれない。

サルジーンには世継ぎはいないが、彼の後継者となる者が同じほどの残忍さと強欲さで、大砂漠を支配しようとしたら、どうする?

ここはやはり、ナルマーン軍を徹底的に叩いておくべきではないか?

激論が飛びかった。

みなが知っていたのだ。今度の戦で、今後の運命が決まると。

だが、若いタンサルは会合には加わらず、無言で友人の散らばった肉片をかき集めていた。手伝いを申し出る者も多かったが、タンサルは丁重にそれを断り、一人でやらせてほしいと頼んだ。その気持ちを汲み、親友テンジンですら去っていった。

集めた遺体は石棺に入れ、油をふりかけて燃やした。火は勢いよく燃え、燃えつきた時には、石棺には灰が残っているだけとなっていた。

まだ熱いその灰を、タンサルは島から地上にまいた。それが、友達への葬送だった。

全てを一人でやり終えた時には、すでに夜が明けかけていた。

力が抜け、タンサルはその場に座りこんだ。本来は疲れを知らぬ若者が、今は疲れ切っていた。体が鉛（なまり）でできているかのように重い。

かすかに震えている自分の手を、タンサルは見つめた。爪の中にはまだ赤茶色の乾いた血がつまっている。洗っただけでは落ちないだろう。あとでほじくり返さないと。

そんなことをぼんやりと思っていた時だ。母親がこちらに歩み寄ってきた。

「終わったのね？」

「おふくろ……」

アイシャは悲しげに目をふせた。

「つらいわね、タンサル。バッサンはいい子だった。あなたのいい友達だった」

「ああ……。お、俺は、脱出の準備をなんでもかんでも、あいつにまかせてしまったんだ……。テンジンか俺がついていれば、蟲（むし）の卵なんて食らわずに逃げられたかもしれないのに！」

「やめなさい」

アイシャはきっぱりと言った。

「くよくよ悔やむのは自分を哀れむことよ。自分を哀れんで、何か生まれる？」

「……おふくろって、親父より厳しい時があるよな」

「そうしなければならない時には、私だって厳しくなるわ。とにかく、バッサンは死んだ。そのことは変えられない。……少なくともバッサンは満足していたはずよ。念願であった復讐を遂げたのですもの。その喜びは大きかったはず」

タンサルは泣き笑いのような表情を浮かべ、うなずいた。

「あいつ、小躍りしてたよ。サルジーンをついに倒してやったって」

「その想いを抱いて死ねたことは幸せでしょう。……真実は少し違うけれど、それはもうバッサンには関わりないことだわ」

アイシャの言葉に、タンサルは顔色を変えた。

「それじゃ……サルジーンは生きているっていうのか？」

「ええ。白鷹が知らせてきてくれた。重傷だということだけど、まだ息はあるそうよ。だから、タスラン達はサルジバットに乗りこむことを決めたわ。魔法使いをたくさん抱えているサルジーンのことだもの。どんな手を使って、死神の鎖をすり抜けるか、わかったものではないから」

「い、いつ出発するって？」

「すぐよ。タンサル、あなたもよく知っているはずよ。あなたの父親がいかに用意周到に準備してきたかを。それに、赤いサソリ団が本気で船を飛ばしたら、サルジバットまで半日もかからない。今日の真夜中までに、決着をつける気でいるわ」

「で、俺は行けないってわけだ」

顔を歪(ゆが)ませ、タンサルはまた腰をおろした。

「肝心な戦の時に！　くそ！」

「何をそんなに苛立っているの？」

「親父に言われたんだよ。当分、船には乗せないって。俺の白獅子号も取り上げられちまったし、みんなは親父の命令には絶対に従うから、誰も乗せてってくれるわけないよ」

「それで、あなた、そのまま素直に言いつけを守る気でいるの？」

おもしろそうにアイシャに言われ、タンサルははっと顔をあげた。

「おふくろ……？」

「あなたは今、反抗心でいっぱいのどら息子なんでしょ？　だったら、タスランの言いつけなんか守ることない。ラシーラが自分の夜鷹号を貸してくれるそうよ。それに乗って、あとからこっそりついていけばいい。どう？」

「……いったい、どういう風の吹き回しだよ？」

「たまには息子の味方もしないとね。夫ばかり庇っていたら、依怙贔屓になってしまうから。さあ、どうなの？　お父さんに逆らう度胸はあるのかしら？」

息子をけしかけるアイシャは笑っていたが、目は真剣だった。

「ただし、これには条件があるわよ。あなたの役目は、タスラン達と一緒に戦うことじゃない。いざという時、タスラン達を助けて、逃げ道を作ること。そのために行ってほしいの」

「逃げ道？」

「……サルジーンは手強いわ」

もはやアイシャの顔から笑みは消えていた。

「もしかしたら、この知らせ自体が嘘かもしれない。そうだったら、タスラン達は猫の巣におびきよせられたネズミの群れも同じよ。誰かが安全に逃げられるよう、手配をしておかないと危険だわ」

「……だけど、夜鷹号は小さい。乗れても、せいぜい十人だ」

「出撃に全部の船が使われるわけじゃない。足の遅い荷物用の船は残されるわ。それに、残っている女子供、みんなで乗っていけばいい」

今度こそ、タンサルは絶句した。

「み、みんなで？　冗談だろ？」

「じつは、女衆とはすでに話をつけてあるの。みんな、賛成してくれた。タスラン達が出かけたら、私達もすぐに出発する。……女子供がいつも留守番してばかりだと思ったら、大間違いよ。時にはこちらが男どもを助けてあげなきゃね」

アイシャはまっすぐ息子を見すえた。

「赤いサソリ団の女達だもの。子供達だって、船の操縦はできるわ。でも、方角はわからない。だから、あなたにはサルジバットまでの先導を務めてもらいたいの。やってもらえる？」

「……やるさ、もちろん」

ようやくタンサルの目に光が戻ってきた。若者らしい向こう見ずで猛々(たけだけ)しい光だ。

「じゃ、ラシーラのところに行ってきなさい。お父さんには見つからないようにね」

「わかってる。……なあ、おふくろ」

「何？」

「おふくろは親父にベタ惚れだけど……なんでだ？　だいたいさ、おふくろは美人だし、相手なら選び放題だったわけだろ？　よくあの怖い顔の男に嫁ごうと思ったよな。正直、趣味が悪すぎないか？」

嘆かわしいと、アイシャは深々とため息をついた。

「あの人のすばらしいところは、あなたもよく知っていると思っていたけど」

「そ、そりゃ、男として親父に憧れないやつはいないけど、女の人から見たら、また意味合いが違うだろ？」

「それがわからないから、あなたはまだまだ子供なのよ」

「なんだよ！」

「ふふふ。今度、ラシーラかモーティマに聞いてみればいいわ。十七歳になった私が、どんなに必死でタスランに迫ったか、いかにして口説き落としたか、事細かく話してくれるわよ」

「うへ。親のなれそめなんか聞きたくないよ」

口を尖らしたあと、タンサルは別人のように顔をひきしめた。

「モーティマはまだ戻っていないのか？」

「ええ、まだよ」

「……シャンもか？」

「あの赤毛の男の子のことね？　ええ。あの子の無事もわからない。タスランは二人のことは放っておくしかないだろうって。これは魔族達のことだから。私達は今は自分達の戦いに集中するしかない」

「……決戦か」

「そうなるでしょう」

母と息子は目を合わせ、しっかりとうなずきあった。


同じ頃、名を忘れられた都の地下通路を、ダーイラムのラディンは音もなく歩いていた。夜の見回りから帰ってきたところで、これから少し仮眠をとるつもりであった。

だが、ある部屋の前で足が止まった。その部屋の戸の隙間から、明かりが洩れていたからだ。

ラディンは思わず声をかけた。

「カーン様？　起きておいでなのですか？」

すぐに返事があった。

「ラディンか？　入っていいよ」

ラディンは戸を開けて、中に入った。簡素な部屋の奥にはカーンが立っていた。

「申し訳ございません。明かりが見えたので……また夜更かしをされたのですか？」

「その口ぶりだと、もうじき夜明けのようだね。ああ。色々と考え事をしていると、ついつい時が経つのを忘れてしまう。私の困った癖だね」

笑いながら、カーンはラディンを手招いた。奥の大きな円卓には、粘土で作られた都の模型が置かれていた。五角形で、三重の城壁によって守られた都。どこを模したものか、ラディンは一目で悟った。

「これは、ナルマーンですね？」

「新しく仲間に引き入れたヨジムがこしらえてくれたのだよ。あの男は魔法だけでなく、こういう物作りにも長けているようだ。よくできているだろう？　……こうして都全体を見下ろしていると、色々と新たな考えが浮かんでくる。どうすれば、ふたたびナルマーンを偉大な都にできるか。どうすれば、散り散りになった民達を呼び戻し、守り、幸せな日々を約束してやれるか」

思わずラディンは頬をゆるませた。

「まだサルジーンの首を取ってもいないのに、もうそんなことをお考えなのですか？」

「当然だよ。……サルジーンを倒すだけではだめだ。民のために、我々はその先を見通しておかなければ」

真剣な顔をしながら、カーンは模型を見下ろした。

「地理的には、ナルマーンは非常に重要な場所にあるのだよ。大砂漠のまさに中心に位置している。……もし、ここに豊かな水を蓄えることができれば、それだけで多くの異国の船や隊商が立ち寄ることになるだろう。彼らはいつでも水と休息を求めているからね。ナルマーンの民は、彼らを受け止める宿屋や料理屋を開き、見返りに金品や異国の品々を受けとればいい。そうすれば、市場も自然に発展し、近隣の国々の交易の要にもなれるだろう」

とにかく産業が必要だと、カーンは力をこめて言った。

「平和になった時、民には日々の暮らしを支える仕事が必要だ。それを与えなくてはならない。食べ物や金をいくら施しても、なんの意味もない。セワード三世がやった《銀の雨》を、おまえも知っているだろう？」

「王宮ウジャン・マハルを壊し、砕いた銀で異国から食べ物を買い、民に与えたというあれですね？」

「そうだ。あれこそ、悪い政治の最たるものだ。施しなど、ただの一時しのぎで、なんの救いにもなりはしない。何かを生み出してこそ、初めて未来があるのだ。……だが、セワード、そしてサルジーンが王として無能であったことに感謝しなくてはいけないな」

　カーンは皮肉そうに笑った。

「彼らが王として優れていたら、イシュトナール王朝の復活はずっと難しくなっていただろう。民は血筋よりも、よりよい暮らしを与えてくれる王を崇めるだろうからね」

「確かに。……しかし、今の話からすると、ナルマーン復興には水が不可欠のようですね。それも大量の水が。……すでにナルマーンの水脈は枯れていると聞いています。どうするおつもりなのですか？」

　気がかりそうに言うラディンに対して、カーンはうなずいた。

「そのとおり。ナルマーンの水はすでに何十年も前に尽きている。水はない。だから、作ればいい」

「水を作る？」

「今、ヨジムと話しあっているのだがね、巨大な鏡で太陽の光を集め、その熱を使って、水を作り出せないかと思っているのだよ。私達が呼吸している大気にも、じつは水分は含まれているという。それを集めて、水にできれば、全ての物事は大きく変わる」

「そ、そんなことができるのですか？」

「できると、私は思っている。そのためのからくりも、これからこしらえるつもりだ。……ラディン、ナルマーンは必ず復活するだろう。魔族の力によってなりたっていた時代ほどの繁栄は得られなくとも、大砂漠の新たなオアシスとして、名を知られるようになるはずだ。私は必ずそうさせてみせる。全てのナルマーン人のためにね」

あなたならきっと果たせます。

ラディンがそう言おうとした時だ。慌ただしい足音が近づいてきたかと思うと、戸ががんがんと叩かれた。

「失礼します！　カーン様！　カーン様、起きていらっしゃいますか？」

「起きているよ。入りなさい」

「はい！」

戸を開けて、男が転がるように部屋に入ってきた。仲間の一人、バラールだ。その顔は緊張で青ざめていた。

「ただいま、密偵から知らせが入りました！　サルジーンが重傷を負ったそうです！」

「なんだと？」

「それは本当か？」

「は、はい！　サルジバットの地盤が突然陥没し、そのせいで建物があちこち崩れたのだとか。サルジーンも、そうした崩壊に巻きこまれたようです。……あの都は今、大混乱となっているようです」

ばっと、ラディンはカーンに向き直った。その目はらんらんと燃えだしていた。

「これは……またとない機会なのではないでしょうか？」

「………」

「カーン様！」

「そうわめくものではないよ、ラディン。……わかった。みんなを起こすのだ、バラール。いよいよ、我らダーイラムが剣を振るう時が来たとな」

「はっ！」

「急げ。すぐ出陣だ。持っている砂船（すなぶね）を全て使って、サルジバットに向かうぞ！　風がうまく吹いてくれれば、夕暮れ時には着けるはずだ。イシュトナール様には、私からお伝えする。さあ、行くのだ、バラール！」

バラールは返事をすることもなく駆け去った。

カーンはラディンの腕をつかんだ。その黒い目はたぎるような熱をはらみ、大きな体もかすかに震えていた。感極まったように、カーンはささやいた。

「時が来たよ、ラディン」

「はい、カーン様」

「急いで支度をしよう。私の甲冑(かっちゅう)を」

「はっ！」

名を忘れられた都は、今や蜂(はち)の巣を放りこまれたがごとく、騒がしく目覚めようとしていた。

## *21*

首領タスランの指示のもと、赤いサソリ団の出陣の支度はあっという間に整い、夜明けからそれほど経たずに出発となった。

一団は一群れの渡り鳥のように乱れなく、風よりも速く飛んだ。途中、各地の隠れ家からやってきた仲間達も合流した。

翼船百二十隻。総員二千人。

いずれも強者で、サルジーンに国を滅ぼされた者、家族を殺された者も多く含まれている。高ぶりのままに、早くも雄叫びと戦いの歌を歌う者達もいた。

まるで祭り前の子供のようにはしゃぐ仲間達を引き連れながら、タスランだけは沈着に物事を考えていた。

なんといっても、相手はあのサルジーンなのだ。

タスランはこれまでに何度となく彼の首を狙い、実際に致命傷に近い傷を負わせたことも二度ある。だが、そのたびにサルジーンは悪夢のように蘇ってきた。そして決まって、その力も悪意も、傷を負う前よりも大きくなっていたのだ。

今回もそうかもしれない。もしかしたら、すでにサルジーンは回復を果たし、刃を研いでこちらが来るのを待ちかねているかもしれない。

だが、そうであっても、出撃しないわけにはいかなかった。

総力を持って、サルジーンを倒す。

自分達を待ち構えているかもしれない幾通りもの運命を思い描きながら、彼はひたすら先頭をきって船を飛ばしていった。

そうして赤いサソリ団は目を瞠るような速さで飛び続け、日暮れ前に王都サルジバットに到着した。

上空からでも、都の混乱ぶりはよくわかった。二日前のタンサル達による迷宮破壊で、都のあちこちが陥没し、建物が傾いている。人々はわらわらと動いていたが、その動きがまた妙だ。どうも逃げ惑っているようなのだ。悲鳴や泣き声も、ここまで聞こえてくる。

黒い甲冑を着た兵士達の姿も見えるが、彼らは混乱をおさめているようには見えず、むしろあちこちの家に踏みこんでは、またなだれを打って出てくるを繰り返している。

「ひでぇな、こりゃ」

「お頭、あれはなんの騒ぎでしょうな?」

「……略奪をやっているのは、黒甲冑どものようだ。おそらく、サルジーンが危篤だと知って、旨味を吸っていた自分達の時代ももう終わりだと思ったのだろう」

「それで、最後に略奪をやって、ここから逃げ出そうって魂胆ですかい？　かあ。汚ねえったらありゃしないねぇ」

「けど、どうします、お頭？　ありゃ、見捨ててはおけねえですぜ。もうだいぶ死人が出てるようだ。あっ！　ちくしょ！　そこの黒虫野郎！　ば、ばあさんの首を切りやがった！」

「お頭！　俺、下に行ってきていいですかい？」

「俺も行きたい！　行かせてくれ！　女の子に馬乗りになってやがるあの糞野郎の頭をかち割ってやる！」

タスランは五十隻の船に、都で暴れている兵士達の討伐を命じることにした。都の民のためだけでなく、自分達の身の安全のためでもあった。

サルジーン軍の黒甲冑どもは手強い兵士だ。今は都で略奪を楽しんでいるが、いつまた王宮に戻ってくるかわからない。だから、彼らの力はここでできるだけ削いでおいてもらったほうがいい。

「まかせたぞ」

「わっかりやしたぁ！　行くぞ、野郎ども！　あの黒虫どもを踏みつぶしてやろうぜ！」

「おおっ！」

目をらんらんと光らせ、嬉々として五十隻の翼船が下降していった。縄を伝って地上へ降り、狩りをする砂狼のように、いっせいに兵士達に襲いかかる。

そんな仲間達を、上空に残った者達はうらやましげに見つめていた。

「ええい、あいつらばっかりいい思いを！」

「タスラン！　早く王宮に行きましょうよ！　もう腕がうずうずしてたまらんです！」

「ああ、行こう」

タスランの一声で、残りの翼船は一気に王宮へと向かった。

二十隻をそのまま上空に待機させ、残る船で王宮の庭園に降り立った。

サルジーンの庭園というだけあって、そこに植えられているのは奇怪で見慣れぬ植物ばかりであった。毒々しい色合いの花々に、棘だらけの木や、じくじくと黄色い粘液をしたたらせているつる草。実っている果実は黒ずんだ血の色をしており、腐りかけた甘ったるい臭いを振りまいている。

だが、それらをじっくり眺める暇もなく、黒甲冑に身をかためた兵士達がどっと庭園になだれこんできた。唯一絶対の王が倒れたあとも、その忠実さから王宮に踏みとどまった者達なのだろう。それだけにより手強いに違いない。

愛刀を引き抜きながら、タスランは仲間達を振り返った。

「三人一組で動け。死なないことだけを考えて戦え」

「あいかわらず難しいこと言うお人だねぇ」

「そこは死ぬ気で戦えって言うもんなんじゃないですかい？」

どっと笑う仲間達の顔には、恐れも怯えも見られなかった。

頼もしいことだと、うなずき返したあと、タスランは刀を握る手を見た。今、途切れた右手首の先には、獅子の手にも似た大きな銀色の手が生えていた。細かな白と黒の宝石がびっしりとはめこまれ、きらきらときらめいている。

その手に向けて、タスランは心の中でささやいた。

「イルミン、またしばらく頼む」

「わかってる。絶対にぼくに攻撃が当たらないようにしてよ」

「あいかわらず信用がないな。戦いで俺が怪我することはあっても、おまえを怪我させたことはないだろう?」

「念のためだよ。だいたいさ、これまでは大丈夫でも、今回は違うかもしれないだろ? とにかく気をつけてもらわないと」

「わかったわかった。だが、おしゃべりはここまでだ。来るぞ」

魔族を義手とした男は、無造作に刀を振るい、向かってきた兵士二人を一刀両断してのけた。

鮮やかな手並みに敵はひるみ、仲間達はさらに活気づいた。

「ひょうっ! いつもながらすげえ一撃だ!」

「あれを見ると、背筋が寒くなるぜ」

「やい、てめえら! 死にたくなかったら、武器を捨てろ!」

「そうだ。赤いサソリ団は刃向かうやつには容赦しないが、武器を持たない相手を殺すほど、悪趣味じゃないぞ! わかったら、とっとと降参しろ!」

この呼びかけはほとんど無意味であった。何人か武器を置きかけた者がいたのだが、すぐに仲間の兵士達に切り倒されてしまったのである。

「ちっ！　裏切り者は許さねえってか」

「救えない馬鹿どもだ。そういうことなら、こっちも本気で行くぜ！」

「うらあああっ！」

双方は激突し、血生臭い乱戦が始まった。

数はほぼ互角だったが、やはり勢いがあるのは赤いサソリ団で、黒甲冑どもは動きに精彩を欠いていた。

優勢を見極めたところで、タスランはまわりの者達に叫びかけた。

「俺は奥へ行く！　ここは頼んだ！」

「あい。行ってくださいよ。俺達もすぐ追いつきますんで」

「気をつけてくださいよ。サルジーンに行き着く前に、つまらん雑兵にやられるなんてことにならねえようにしてくださいい」

「ああ、十分気をつける」

王宮へと走り出したタスランに、ぴたりと、ついてきた者達がいた。

「お供しますぜ、お頭」

「我ら兄妹も行く」

陽気なサラダン人のホーロ、寡黙な猿小人の双子ウルジンとセンナの三人が、タスランの両脇と背後をかためてくれた。心強い援軍だと、タスランは微笑んだ。

そうして踏みこんだ王宮カガンマハルは、奇妙なほど静まり返っていた。兵士と出くわすこともなければ、召使いや奴隷を見かけることすらない。

頭の中に叩きこんである王宮の見取り図を思い出しながら、タスランは速やかに、決して気を抜くことなく奥へと進んだ。

だが、ガラス張りの天井で覆われた中庭を通り抜けようとした時だ。

ぶんっと、異様な音がした。

次の瞬間、唸りをあげて飛んできた黒い矢が、ホーロの太い首を貫いた。

「ホーロ！」

崩れ倒れるホーロを、タスランはなんとか木立の陰に引っぱりこんだ。だが、屈強な男はすでに絶命していた。

ウルジンとセンナがぱっと左右に離れ、襲撃者の姿を求め、中庭に植えられた樹木の間を駆けていった。だが、タスランが「よせ！　行くな！」と叫ぶよりも早く、ふたたび強弓の弦が弾かれる音が響いた。

木の間を飛来してきた矢は、さながら黒い稲妻だった。動きのすばやい猿小人ですら、かなわない速さだ。センナ、続いてウルジンが矢に貫かれ、太い木に縫い止められた。

二人の心臓が正確に射貫かれているのを見て取り、タスランの右手となっているイルミンが悲鳴をあげた。

「静かにしろ、イルミン！」

「だ、だって！　あ、あっという間に、み、みんな殺されちゃうなんて！　ああ、センナもウルジンもいいやつだったのに」

「いいから黙るんだ！　音が聞こえない！」

だが、それ以後、矢が飛んでくることはなかった。かわりに、足音が聞こえてきた。

具足をつけた重たい足音。甲冑ががちゃりがちゃりと触れ合う音もする。

タスランは思いきって、隠れている木の陰から出ていった。

奇怪な真紅の甲冑をまとったサルジーンが、こちらに歩み寄ってくるところだった。人の背丈ほどもある巨刀を軽々と担ぎ、弦まで鉄製の凶悪な黒弓を手にしている。

タスランを見るなり、サルジーンは嬉しげに顔をほころばせ、弓を投げ捨てた。

「安心しろ。貴様を倒すのに弓は使わん。ただ、邪魔になりそうな羽虫を払うのに使っただけだ」

「………」

仲間を殺された怒りと悲しみを、タスランは必死でこらえた。ただただ殺意のみを高めながら、じっくりと相手を見た。

こうして対峙するのは三年ぶりだが、サルジーンは少しも歳をとっていないように見えた。またその体にもどこにも傷はなく、弱っている様子は微塵もない。

やはり危篤というのは嘘だったかと、タスランは苦々しくつぶやいた。

だが、ある程度は予想していたことだ。今更ひるむわけでもないと、タスランは刀を構え直した。

一方、サルジーンはなかなか打ちかかってこなかった。しげしげと仇敵を見つめながら、じつに楽しげに口を開いた。

「最初に出会った時のことを思い出すな。あの時は、まだお互いの名も正体も知らなかった。懐かしくは思わぬか、友よ?」

「……そうだな」

タスランの頭に、二十五年前のことが鮮やかに蘇(よみがえ)ってきた。

あの時、タスランは流浪の剣士にすぎず、まだ少女であったアイシャと共に、大砂漠を旅しているところだった。そこをサルジーンに襲われたのだ。

その頃はサルジーンも、誠実で忠義心にあふれた青年だった。タスラン達を襲ったのも彼自身の意志ではなく、「死繰り人(しくびと)との取引のため、流浪の民を集めよ」と、主君セワード三世に命じられてのことだった。

だが、そんな事情はタスランにわかるはずもない。アイシャと自分を守るため、タスランはすぐさま刀を抜いた。

夜の大砂漠で、二人は激突した。激しい戦いの中、ついにタスランはサルジーンの右手を切り落とすことに成功した。

決着はついた。もうこの男は脅威ではない。

そう思ったからこそ、タスランはとどめを刺すことなく、その場を立ち去ったのだ。

しかし、サルジーンはふたたびタスランの前に現われた。黒い義手をつけ、魂を暗黒に染め上げたサルジーンは、再会を祝するかのように、タスランの右手を切り落とした。

　あれから何度戦っただろうか。最初の戦いの時にサルジーンの命を絶っておけば、大砂漠にこれほどの災いが広がることはなかったのではないだろうか。

　苦々しい後悔を味わいながら、タスランはサルジーンを見返した。

「あの夜のことはよく思い出す。あの時、おまえの手ではなく、首を落としてさえいればと、何度となく思った」

「ははははっ！　俺もよく思い出しているぞ！」

　がらがらと、サルジーンは荒々しい笑い声をあげた。

「あの夜こそ、俺が俺として覚醒した夜だったのだ。あの時、おまえにこの右手を切り落とされていなかったら、赤の王サルジーンがこの世に生まれることはなかっただろう」

「やめろ！」

　自分でもびっくりするほどの怒りに駆られ、タスランは思わず怒鳴っていた。

　もう三十年以上も前のことだが、タスランは一度だけ、赤の王その人にまみえたことがある。わずかな邂逅(かいこう)だったが、あの時の赤の王の堂々たる姿、身から放たれる威厳と輝きのすばらしさは、今も宝物のように胸の奥できらめいている。

　それだけに、サルジーンが「赤の王」を名乗ることが許せなかった。

「赤の王を名乗っていいのは、この世にただ一人、赤の眷属(けんぞく)達の王だけだ！　貴様はただの卑劣漢で人殺しにすぎん」

「ははは っ！　ここ十年、そんな罵詈雑言は聞いたことがなかったぞ。うむ。それすらも心地よい。やはり歯ごたえのある敵というものは必要だな。……俺の迷宮を破壊したのは、貴様の差し金だな？」

　タスランは答えず、逆に問い返した。

「落盤からどうやって逃げた？　どうして無傷でいられた？　また魔法使いどもの手練手管というわけか？」

「馬鹿を言うな。あんなやつらにそれほどの力はない。せいぜい、俺の役に立つ小道具をこしらえる程度だ。……迷宮に入ったところで、火薬の匂いを嗅ぎつけたのだ。それと罠の気配もな。だから、狩りを切り上げ、早々にその場を離れた。おかげで命は助かったが、かわりに大事な遊び場と、かけがえのない遊び相手を一人、失ってしまった。ひどいではないか。どうしてくれるのだ？」

　サルジーンの言い草は、おもちゃをなくしてすねている子供のようだった。だが、その姿にも目つきにも、子供めいたところはない。あるのは悪意と狂気にも似た殺意だ。人を殺したくてたまらないという衝動が、この男の中には満ちているのだ。

「まあ、おまえがこうして遊びに来てくれたのだから、よしとしよう。嬉しいぞ、タスラン。またおまえと刀の舞踏をできると思うと、胸が高鳴ってしかたない」

　抜き身の大刀を、サルジーンはまっすぐタスランに向けた。目がぎらぎらと白く輝きだしていた。

「黒の都の星占い師が俺に教えてくれたのだ。俺は、俺を憎んでいる者には決して殺されないと。嬉しいことに、側近の家来どもですら、俺を好いてはおらん。俺が重体だと知ると、兵士の大部分がこの王宮から出ていったらしいな。そやつらの首はのちのち切り取って、カガンマハルの屋根に飾ってやるつもりだ」

ここで、サルジーンはねっとりと自分の唇をなめあげた。

「だが、おまえの首にそんな雑な扱いはせんぞ、友よ。おまえの首は肉が腐り落ち、きれいな骨になるまで、俺の寝室に置いてやろう。そのあとは、魔法使いどもに命じて、髑髏で何か作らせよう。そうだな。杯がいい。おまえの髑髏で飲む酒はさぞかし美味であろうよ」

「……吐き気がする」

「ああ、それから、おまえの右手にひっついている魔族のことだ。おまえを殺したら、そいつは俺がもらいうけよう。魔法使いどもに新しい槍を作らせようと思っていたところだ。きっといい材料になる」

「きょ、きょぇえええ……」

小さな悲鳴をあげるイルミンを、タスランは叱咤した。

「しっかりしろ、イルミン。戦いはこれからだぞ！」

「そんなことより、今の聞いた、タスラン？　あ、あいつ、ぼくを魔法使いに引き渡すって！ああ、だめだめ。絶対負けちゃだめだよ！　死んでも勝ってよね！」

「そうなるためにも、おまえの助けがいる！　いいから、今は手になりきっててくれ！」

刀を構え直すタスランに、サルジーンがにっと笑った。

「おしゃべりは終わったか？　なら、やるとしようか」

「………」

次の瞬間、サルジーンは緋色の豹のごとく襲いかかってきた。

振り下ろされた大刀の一撃は、息が止まるほど重かった。だが、それに驚く暇もなく、第二、第三の攻撃が叩きこまれてくる。

全てを受けていたら、こちらの力が持たない。

タスランは自分の刀を操り、力を横に逃がしたり、身をかわしたりした。獲物を切り損ねた大刀は、大きく外れては、まわりの物を切り裂いていく。

石造りの腰掛けが粉々にされ、花壇の石枠が二つにされた。樹木も次々切り倒されていく。木の葉が舞い散り、たちまち視界が見えにくくなった。

が、どんどん足場が悪くなっていくのは、身軽なタスランにはむしろ都合がよかった。隙を見ては、反撃を試みた。狙い澄ました鋭い一撃を、サルジーンへと送りこむ。

何度か、その肌を傷つけたが、いずれも浅かった。そして、サルジーンは痛みを感じた様子もなく、むしろさらに嬉々として刃を振るってくるのだ。

タスランは少し焦った。サルジーンはまた強くなったようだ。このままやりあっていても、消耗して負けるのは、まず自分のほうだろう。

戦いながら、タスランは心の中でイルミンに話しかけ、自分の計画を打ち明けた。

「そ、そんなの無理だよ！　できっこないよ！」

「やれる！　おまえならきっと成功させられる！」

「で、でも、しくじったら？　あのすごい刀でぶった切られてしまうかも」

「どのみち、俺が切られたら、おまえは魔法使いに渡されてしまうんだ。やつがそう言っていたのを忘れたか？」

「………………」

「これが助かる唯一の方法だ。さあ、やるのかやらないのか、どっちだ？」

「……わかったよ」

「よし！」

足下にあった木の大枝を、タスランは思い切り蹴り上げた。

突然こちらに飛んできた枝を、サルジーンはすぐさま刀でなぎ払った。

その時にはタスランは一気に間合いをつめていた。サルジーンの死角となる左側に回りこみ、その脇腹を切り払おうと、腰を落とした。

だが、サルジーンはすぐさま反応した。ありえぬほどの速さで、身を回転させ、その勢いのままにタスランに大刀をぶつけたのである。

避けようのない一撃を、タスランは刀で受け止めた。じゃりっと、刃こぼれするのがわかった。全身の力をもってしても、じりじりと押されていくのを止められない。徐々にタスランの体は、地面に押しつけられていった。

噛み合う刀越しに、サルジーンは何か気の利いた言葉を宿敵にかけようとした。だが、はっとした。タスランが片手で刀を握っていることに気づいたのだ。

本来なら両手で柄(つか)を握りしめ、こちらの刀を押し返すべきところを、片手しか使っていない。しかも、その手は左手だ。

右手はどうしたと、サルジーンがそちらを見ようとした時だった。銀のつぶてのようなものが、瓦解(がかい)した花壇から飛び出してきた。

イルミンは、小猿のようにサルジーンの体を駆けのぼり、その顔に飛びついた。そして小さな手でサルジーンの顔を、思い切りかきむしったのだ。

危うく右目をほじくり返されそうになり、サルジーンは思わず身をのけぞらせ、顔にひっついた魔族を引き剝(は)がしにかかった。

「きゃああっ！」

サルジーンの手を避け、イルミンは悲鳴をあげながら、飛び離れた。

そしてこの時には、体勢を立て直したタスランは、大きく刀を振りかぶっていた。

断つ！

そのことだけを頭に、タスランは渾身の気合いと力をこめて、刀を振り下ろした。

血しぶきがあがり、生温かくタスランの顔と胸に降りかかった。

だが、もう一度と、刀を返しかけたところで、サルジーンがこちらに切りかかってきた。胸を浅く切られ、タスランは飛び離れるしかなかった。

二人はふたたび四歩ほど離れて睨み合った。その間の地面には、腕が一本、転がっていた。戻ってきたイルミンにふたたび右手になってもらいながら、タスランは顔を歪めた。狙ったのはサルジーンの脅威の右腕、黒い義手だった。だが、サルジーンが身を反転させたため、実際に切り落とせたのは左腕のほうだ。

「やった！　ついにやってやったね！」

「いや。あれではまだまだだ」

興奮気味に叫ぶイルミンに、タスランは小さく答えた。

実際、サルジーンの顔には余裕があった。ぼたぼたと血がしたたる傷口を一顧だにせず、にやりと笑った。

「やるなぁ、友よ。だが、これはたいした痛手にはならんぞ。俺にはまだこの右手があるからな」

ぶんぶんと、力を見せつけるかのように、サルジーンは巨刀を振り回した。

その時だった。

激しい衝撃と振動、轟音と共に、天井が割れた。砕かれたガラスの破片が雨のように降り注ぎ、タスランは慌てて身を転がして逃げた。それでも腕や足のあちこちに、浅い切り傷を負うはめとなった。

一方、サルジーンは己の刀と漆黒のマントで身を守った。

ようやく破片の雨がやんだのを見計らい、タスランとサルジーンは同時に天井を見あげた。そして、同時に息をのんだ。

開いた大穴からは、大きな黄金色の目がこちらをのぞきこんでいたのだ。

ぐるりと、下を一瞥したあと、目玉は引っこみ、今度は朱色の鱗で覆われた巨大な手がおりてきた。手のひらの上には、男が一人、載っていた。

男を下におろしたあと、手は速やかに戻っていき、重厚な羽ばたきが聞こえ出した。外にいる巨大なものはここから飛び立とうとしているようだ。

その羽ばたきにまじって、銀の鈴よりも麗しい声が響いた。

「あなたの祖父は青の眷属を助けてくれた。四百年にわたって奴隷にされていた私の眷属達を助けようと、力を尽くしてくれた。その恩を、青の王は孫であるあなたに返しましょう。あなたが望む時、望む場所に送り届けるという約束、しかと果たしましたよ」

その声を最後に、羽ばたきは遠ざかっていった。

呆然としているタスラン、そしてサルジーンの前で、上からおりてきた男はゆっくりと振り返った。

髪とひげは灰色だが、二人と同年代に見えた。品のいい面立ちに、穏やかなまなざし。宝石などは何一つ身につけていないが、まとっている青い優美な装束は、かつてナルマーンの王族だけが着ることを許された伝統的なものだ。

すっきりと背筋を伸ばし、前ナルマーン王セワード三世はそこに立っていた。

「セ、セワード……」

腕を切り落とされても平然としていたサルジーンの顔は、今や灰色に変じていた。その目も激しく揺れている。玉座を奪ってから二十年以上。これほど動揺をあらわにしたのは、これが初めてだった。

「生きていたのか……」

「そうだ。砂漠をさ迷っている時に、あるお方に助けられたのだ」

「……正気のようだな?」

「ああ。あのお方は壊れかけていた私の体に命と力を吹きこんだだけでなく、魂も癒やしてくださった。今、おまえの前にいるのは私だ、サルジーン。おまえが兄弟と呼んでくれたセワードだ」

「………」

すまなかったと、セワードは悲しみをたたえた目で乳兄弟を見つめた。

「本当にすまないことをした、サルジーン。我が兄弟。全ては私が弱かったせいだ。強欲だったせいだ。過去の栄光などに憧れるべきではなかった。現実と未来だけを見すえ、最後の最後まで自力であがくべきだったのだ。……特に、おまえにその黒い義手を与えてしまったことを後悔している」

「こ、これは俺の腕だ! 今となっては、この腕こそが我が力であり半身だ!」

「そう思わされているのだ、サルジーン。その黒い義手は、魔族から奪い取った肉片でできている。それゆえに人間への憎悪をかきたてる。……知らなかったとはいえ、おまえの高潔さ、優しさを汚す代物を与えたのはこの私だ。おまえを失いたくない一心で、結局はおまえの心を殺してしまった」

そんな物さえなければ、謀反を起こすこともなかっただろう。

そうつぶやくセワードに、サルジーンは吼えた。

「違う！　俺は断じて義手ごときに操られるような男ではない。謀反にしても、弱腰で腑抜けな貴様に心底嫌気が差していただけだ！」

「あの兵士達のことを言っているのだな？」

セワードはいっそう悲しげな顔となった。

「あの死繰り人から買い求めた木偶人形の兵士達。あれを使って、他国を攻め落とす計画だった。だが、戦いとなる前に、兵士達は突然腐ってしまった。同時に、黒の都でも大陥没が起き、死繰り人とのつながりも絶えた。……おまえは烈火のごとく怒っていたが、私はほっとしていた。これで間違ったことをしないですむと」

だが、義手の毒気に心を冒されているサルジーンにとって、セワードのその姿は醜く、ひ弱で、堕落したものだった。彼は勝手に軍を動かし、周囲の都や国々に戦と略奪を仕掛けるようになっていった。そして、それを咎めようとしたセワードを幽閉し、その玉座を奪ったのだ。

だが、セワードから全てを奪っておきながら、サルジーンはまだ満足しなかった。サルジーンにとって、セワードは大切なおもちゃであった。セワードから涙と苦しみをしぼりとる遊びは、侵略や戦いと同じほどの楽しさがあったのだ。

サルジーンは時と手間を惜しむことなく、セワードにありとあらゆる責め苦を与え、自分の残虐非道さを見せつけて苦しめた。迷宮も、自身のためではなく、セワードのために作ったものだ。迷宮に放つ獲物は、いつも子供にした。そのほうがセワードの魂を傷つけるとわかっていたからだ。

鳥籠に閉じこめられ、残虐に殺されていく子供達の声を余すことなく聞かされ、ほどなくセワードは発狂した。

それでも、サルジーンはまだまだこのおもちゃを手放すつもりはなかった。だからこそ、先日の崩落があった時は、セワードを失ったことを嘆いたのだが……。

こうして生きているセワードの姿を目の当たりにすると、なぜか胸がざわついた。遊び相手が戻ってきたという喜びを感じるどころか、不快な感情が波のように押し寄せてくる。

怖い。

そう、怖いのだ。

自分よりはるかに弱いはずの相手、ずっとなぶってきた相手に、どういうわけか恐れがこみあげてくる。その理由がわからないことが、不気味で、もどかしい。

動揺しているサルジーンに対して、セワードはあくまで穏やかに落ち着いていた。恨みのない声で静かに言った。

「……おまえに幽閉された日々は、まさに地獄だった。私は正気を手放すことで、自分を守ろうとした。だが、それもまた数ある間違いの一つだった。私は戦い抜くべきだったのだ」

「ほう。やっとそのことに気づいたか」

「そうだ。戦って、そして救うべきだった。おまえを闇から救い出す努力をするべきだったのだ」

「そんなことは頼んでいない！」

かっとしたように、サルジーンは目を剝いた。

「貴様ごとき脆弱な男に、俺の魂のことをあれこれ言われたくないわ！　正気になったかと思えば、小うるさいことをぐだぐだと！　……もういい。それ以上何か一言でもほざいたら、その首を今度こそはねてくれる」

威嚇するように、サルジーンは巨大な刀をセワードに突きつけた。だが、セワードはまったく動じなかった。ただ静かに、刀の先端に触れたのだ。

じゅっと、奇怪な音がして、刀が先端から熔けだした。

サルジーンはもちろんのこと、タスラン、そしてイルミンも絶句した。

刀の溶解は止まらず、あっという間に柄のところまで来た。サルジーンはたまらずに刀を投げ捨て、憎しみと驚愕の入りまじった目でセワードを睨みつけた。その睨みに、セワードはこれまた静かに答えた。

「私の体は、今、隕石と同じになっている。私を救ってくれた方に頼んで、こうしてもらったのだ。この刀も、その鎧も、魔族達から作られたもの。隕石に触れれば、腐り、熔けていく」

「き、貴様……」

「来なさい、サルジーン。今こそ穢れを落とす時がやってきたのだ。……我がもとへ来よ、サルジーン！」

突然、セワードの体が光に包まれたように見えた。強さと厳しさ、そして愛情にあふれた彼は、非常に大きく、力強く、気高い存在としてそこにあった。

一方のサルジーンは、力を吸いとられたかのように小さくなっていた。卑屈で、惨めで、哀れな生き物として、なすすべもなくその場に縫い止められている。

だが、再度セワードが呼びかけると、サルジーンはのろのろと自分からセワードに歩み寄っていった。目は恐怖で張り裂けんばかりなのに、ぎくしゃくと前に進んでいく。炎に惹きつけられる羽虫のごとく、セワードに近づくのをやめられないようだった。

やってきたサルジーンを、セワードは両腕で抱きしめた。

たちまちのうちに、サルジーンの体を覆っていた甲冑が熔けだした。左目にはめていた猫目石も、黄色の液体となって流れ出す。

黒竜を思わせる腕は、長年サルジーンの一部だったためか、最後までしぶとく形を保っていたが、それもやがては消え失せた。

今や、サルジーンは裸で、右手と左目を失った姿で、セワードの腕の中にあった。

だが、変化はそれで終わらなかった。しゅうしゅうと音を立てて、サルジーンのあらわとなった体から白い湯気のようなものが立ちのぼりだしたのだ。

と同時に、サルジーンはしぼみだした。筋肉ではちきれんばかりだった腕が、太い太股や首が、みるみる衰え、しわがよっていく。髪もひげも瞬く間に白くなっていき、歯が抜け落ちていく。年齢以上に若く見える男は、今では年齢以上に歳をとった姿となり果てていた。まるで百歳の老人だ。

「あれは……」

「代償だよ」

息をのむタスランに、イルミンが憐れみのこもった声でささやいた。

「あいつは長年、魔道具を使ってきた。特に義手。あれをずっと体につけていたわけだろ？　あいう呪われた品は、使っている人間に支配されている間は従っているけど、その支配が終わったとたん、代償を求めるんだ。……サルジーンの命はもうすぐ尽きるよ」

「……そのようだ」

その最後の一時の邪魔はするまい。タスランはそのまま静かに見守ることにした。

サルジーンも、終わりの時が近づいていることを悟ったのだろう。自分を抱きしめ支えているセワードを、物苦しげに見つめた。残っているのは右目だけ。だが、その群青色の瞳からは、あの異様な酷薄さがきれいに消えていた。

かさかさになった唇を必死に動かし、サルジーンは声をしぼりだした。

「セ、セワード……我が君」

「サルジーン。サルジーン」

「も、申し訳ございません。ま、ま、ことに、申し訳ございません……」

「よいのだ、サルジーン。我が兄弟。よく戻ってきてくれた。……共に逝こう。行き着く先が地獄であっても、私はどこまでもおまえと一緒だ」

「わ、我が君……我が兄弟……」

涙を浮かべたまま、サルジーンは目を閉じた。そして二度とその目を開くことはなかった。

枯れ枝のように細くなった友を、セワードは両腕に抱きあげ、持ちあげた。タスランのほうを向き、深々と頭を下げたあと、彼はまっすぐ中庭の中央に向かった。

そこには丸い大きな噴水があった。恐ろしく深く、まんまんと水をたたえている。

その中に、セワードはサルジーンを抱いたまま身を投じた。

タスランは助けにいかなかった。それは、彼らへの侮辱になると考えたからだ。

水しぶきがおさまり、波紋が消えたあとも、二人の体が浮かびあがってくることはなかった。

ここでようやくタスランは息をついた。

「終わったな……」

「疲れたね」

「ああ、まったくだ」

刀を鞘に収め、タスランは仲間達のもとへ戻ろうと、踵を返しかけた。この時、肩に激痛が走った。

「ぐっ!」

ふたたび刀を抜き払いながら、タスランは後ろを振り返った。

かなり離れた先に、二人の人物が立っていた。どちらも立派な武具を身につけており、どちらも若かった。

年長の男のほうの肌は漆黒で、つやつやと輝いている。もう一方は若者というより、まだ少年だった。見事な宝石で身を飾り、その手に弓を構えている。

この少年が矢を放ってきたのだと、タスランは悟った。

青ざめこわばった顔をしている少年に、黒い男がささやきかけるのが聞こえてきた。

「お見事です、我が君。ですが、あの男は生け捕りにしても価値はない。とどめを」

「わ、わかっている」

少年は腰に下げた矢筒からもう一本矢を抜き取り、弓にかけた。顔はあいかわらず青いが、その手は震えず、しっかりと矢をタスランの心臓へと向ける。

若いがたいした射手だと、タスランは感心し、感心している場合かと、イルミンに怒鳴られた。

「早く逃げようよ、タスラン！　あいつら、本気でタスランを殺す気だ！」

だが、背を見せれば、恰好の的になるだけだ。受けた矢傷のせいで、右腕もうまく動かせない。飛んできた矢を避けるのも、刀で弾き飛ばすのも、難しいだろう。

冷静に考えている間にも、少年は弓をきりきりと引き絞っていく。

だが、思わぬ助け船が入った。タスランと少年達の間に、もう一人の少年が飛びこんできたのだ。

紅玉のような髪をふりみだし、同じように紅い目をいっぱいに見開いて、その少年は射手の少年に向かって叫んだ。
「マハーン！」と……。

## 22

突然現れたシャンに、マハーンはあっけにとられた顔となった。

「シャン？」

思わず弓をおろし、困惑の目で友を見る。

シャンも、マハーンをまじまじと見つめ返した。

ダーイラムの隠れ家を出て、まだ十五日たらずにもかかわらず、マハーンはずいぶんと変わったように見えた。美々しく武装しているせいか、また背が伸び、体つきもたくましくなったようだ。顔も大人びて、りりしくなっている。なにより目が違った。前よりもいっそう狂おしげな光が宿っている。

「マハーン……」

「シャン……どうしてここに？　君は大事な役目で遠くに行くって、カーンが……」

「そんなことより、マハーン！　この人を殺しちゃだめだ！　殺さないで！」

「何を言っているんだ？」

きりっと、マハーンの形のいい眉がつりあがった。

「その男が誰だかわかっているのかい？　赤いサソリ団の首領なんだよ？　そこをどくんだ、シャン。その男はどうしたって邪魔になる。一国を築き上げようと思えば、その男はたやすくそれができるんだ。それがどんなに危険なことか、君はわかってない」

「マハーン！」

「ぼく達は……いや、予は出遅れた。出征が遅れたために、サルジーンを討ち取ることが叶わなかった。その男に先を越されたのだ。だが、ここでその男の口を封じれば、サルジーンを倒したのは予だと、声高く言うことができる」

「マハーン……だめだ」

「だめなものか。例え卑怯であったとしても、この手柄がどうしても必要なのだ。人々の心を手に入れるために。玉座に座るために。……予はイシュトナール二世だ。王になる者だ。邪魔するなら……君を射るぞ！」

自分の決意を証明するかのように、マハーンは弓を構え直した。その矢は今はシャンの胸に向いていた。

矢を向けられたことよりも、怒りを向けられたことに、シャンは衝撃を受けた。

なぜ自分の言葉が届かない？　ようやく会えたのに、会えなかった時よりも距離が開いてしまっているではないか。

ここではっとして、シャンはマハーンの後ろに立つ男を見つめた。

漆黒の肌を持つカーン。その口元にはうっすらと勝ち誇った笑みが浮かんでいるではないか。

この男だと、シャンは怒りに駆られた。

マハーンの言葉、口調、思想。全てはカーンの受け売りをそのまま繰り返しているにすぎない。そのことに、マハーン自身は気づいていない。カーンはそれほど巧みに少年の心を毒し、完全な操り人形に作りかえてきたからだ。

シャンがいない間、カーンはさらにマハーンに近づき、寄り添い、蜜のような甘いささやきを注ぎ続けたに違いない。

いったいなんのためなのかは、シャンは考えないことにした。その目的がなんであれ、それがマハーンのためになるとは思えない。それだけわかれば、今は十分だ。

とにかく、この殺人を許してはならない。シャンは、タスランの息子を知っている。短い間の付き合いだったが、あの若者が心の底でどれほど父親を愛しているかは見て取れた。

父親を殺されたら、タンサルは決してマハーンを許さないだろう。赤いサソリ団を率いて、生涯マハーンをつけ狙うに違いない。たった三人で、サルジーンの恐怖の迷宮に乗りこんだほど豪胆な若者だ。必ず目的を果たすだろう。

マハーンを失いたくない一心で、シャンはタスランを庇い、その場を動かなかった。マハーンの目に、怒りが燃えあがった。

「予の忍耐を試すな、シャン！　予は、射ると言ったら射るぞ！」

「……マハーン。なんで、そんなに焦ってる？　サルジーンを倒せなかったから？　タスランを倒さないと、もう王になれないって、そうカーンに言われたの？」

「…………」

「そんなことはないんだよ。そんなことしなくたって、マハーンはマハーンだ。王様にだってなんだってなれる。だから、この人を殺さないで。サルジーンが死んだんなら、これ以上、誰も死ぬことなんかないんだ。この人はいい人だ。立派な人で、マハーンと同じように、仲間に好かれている。そんな人を殺したら、傷つくのはマハーンだよ？」

シャンの心をこめた懇願に、マハーンの目に迷いが宿った。それに気づいたのだろう。カーンがふいに声を放った。

「イシュトナール様！」

苛立（いらだ）ちと失望と叱咤（しった）のまじった声に、マハーンがびくりとした。その拍子に、指が矢を離してしまった。

矢はひゅっと飛び、吸いこまれるようにシャンの胸に刺さった。

痛みが弾け、シャンは膝をつき、続いて手をついた。

「わあああっ！」

マハーンの悲鳴が聞こえ、こちらに走ってくる足音が聞こえたが、シャンはもう顔をあげることもできなかった。四つん這いになったまま、ひたすら痛みに耐えることしかできない。

刺さった矢を伝わって、ぽたりぽたりと、血が地面にしたたりだした。そのこぼれた血に、何かが浮かびあがってくるのをシャンは見た。

それは顔だった。

眠っているように目を閉じている男の子の顔だ。美しくも力強く、漆黒の髪が顔のまわりでゆらめいている。

あの子だと、シャンは悟った。

卵の中にいた子供。魔族達の王。赤の王。

いつの間にか、まわりの風景は全て黒く塗りつぶされていた。中庭も、マハーンやタスランの姿も見えない。暗闇の中、シャンと魔王だけが存在していた。

シャンは泳ぐようにして前に進み、眠れる魔王に触れた。

「か、返す……力を返すから……マ、マハーンを……助け、て」

やっとのことでその言葉をつぶやき、シャンの意識はそこで途絶えた。だが、もう少し耐えていたら、目にしたことだろう。

眠っていた王の体に、さざ波のように金の火花が走るのを。

黒檀(こくたん)のように黒かった髪がみるみるうちに、世にも鮮やかな紅(くれない)へと変わっていくのを。

そして、それまで閉じていた目がゆっくりと開き、紅玉(こうぎょく)そのものの紅い瞳が現れるのを。

「ああああっ！　うわあああああっ！」

シャンの体を抱き起こし、マハーンは叫び続けた。喉も裂けよとばかりにわめき、涙をまきちらした。

だが、友は動かない。目を閉じたまま、ぐったりとしているばかりだ。

痛ましい光景に、タスランは顔を背けた。

だが、漆黒の男カーンは、どことなく満足げな顔つきで、主へと歩み寄った。

「我が君。イシュトナール様。しかたのないことでした。どうか嘆くのはおやめください」

「カーン！　でも、でも、ぼくは……シャンを！」

「しかたなかったのです。あなたがなさったのは当然のことでした。シャンは明らかに臣下の分をわきまえていなかった。出過ぎた家来を誅するのも王たる者の務め。決して間違ってはおられません」

「け、家来じゃない！　シャンは友達だ！」

「王たる者に友はおりません。さあ、しゃんとなさってください。まったく、困ったお方だ。まだまだなすべきことが山ほどあるというのに。そんな泣きっ面で、これから王の名乗りをあげられましょうか」

マハーンはカーンを見た。信じられないものを見る目だった。

そのまなざしを受け、カーンは心の中で舌打ちした。もう二度と、マハーンが自分を信じることはないと悟ったのである。

この少年も所詮はここ止まりか。赤毛の小僧め。最後の最後で、大きな邪魔をしてくれたものだ。やはり、最初に会った時の「気に食わぬ」という勘は当たっていた。だが、まあいい。とりあえず、ここで一番の邪魔者を片づけておくか。

カーンは弓を手に取り、流れるような手つきでタスランに矢を放った。

だが、矢は途中で炎に包まれ、タスランに届くことなく燃えつきた。

「何？」

「シャン？　シャンがやったのかい？」

マハーンは喜びと期待の声をあげ、シャンを揺さぶった。だが、シャンは胸を朱に染めたまま、動かない。

かわりに、彼の影からゆっくりと盛りあがってくるものがあった。

それは不思議な光景だった。少年から、もう一人の少年が出てきたのだ。

炎のような髪と鮮やかな紅色の瞳から、一瞬、シャンの双子かと思いかけた。が、その少年はシャンよりもずっと美しく、ずっと猛々しく、力と覇気に満ちていた。しかも、美しい甲冑を身につけ、腰にも見事な剣を下げている。

幼いながらも、彼は戦う者だった。幾多の戦いを勝利してきたと、一目でわかる風格があるのだ。

「うきゅぅぅぅ……」

奇妙な声をあげて、イルミンがタスランの腕から離れた。感極まって気絶してしまったのである。

地面に落ち、ぐんにゃりとしている魔族を、タスランは慌てて拾いあげ、懐にしまった。その間も、世にも不思議な美しい少年から目が離せなかった。なぜなら、少年もまたタスランを見ていたからだ。

ふいに少年は口元をほころばせた。

「これはこれは……久しぶりだな。貴公には以前まみえておる。この姿では初めてだが、予のことを覚えておるか？」

りんとした声には懐かしさと親しみがこもっていた。

ぶるりと、タスランは震えた。相手の姿も声も、自分が覚えているものとは全く違う。だが、この気配、圧倒的な覇気は間違えようがない。

「……赤の王でいらっしゃいますか？」

「そのとおりだ。覚えていてくれて嬉しいぞ」

明るく声をあげて、赤の王は笑った。笑い声と共に、体のあちこちから軽やかな火花が散り、膝をついているタスランにも降りかかった。

とたん、タスランは痛みが消えるのを感じた。見れば、肩に刺さっていたはずの矢が消えていた。服に穴は開いているものの、傷はどこにも見当たらない。

「感謝、いたします」

礼を言いながら、タスランはさらに注意深く魔王を見つめた。

どこまでも紅い髪。紅玉も敵わぬような鮮やかな瞳。シャンという少年と同じ色だ。

思わず疑問を口にした。

「あなたは……そこの少年の中におわしたのか？」

「予の力だけだ。力だけが、この子の中に宿っていた。ゆえに、予は十年、眠りについたままだったのだ」

赤の王は手短に、自分が蘇りをする存在であることを告げた。

「十年前、予はその時を迎えようとしていた。次はどのような姿をとるか。男にするか、女にするか、そのどちらでもある者にするか。体が燃えつきていくのを感じながら、一人、我が宮の塔に立ち、しばし考えにふけっていた。その時、ふと夜空を見あげたのだ」

空には満天の星が輝いていた。

そこに新たな星が現れた。それは真っ赤な長い尾を翻しながら、ゆっくりと空を走っていく。

夜空を横切る流れ星を見て、赤の王は思わずつぶやいたという。

「火の馬が走っていく……」

その声。その言葉。その鼓動。

自分の全てが、誰かと重なるのを感じた。

だが不思議だと思うよりも早く、王の古い肉体は燃えつきた。

魂と記憶は、新しい器になるべき卵の中に宿った。だが、力だけが欠けていた。別の誰かに宿ってしまったのである。

「器という檻に閉じこめられたまま、予は何年も目覚めることができなかった。魂と記憶、力がそろってこそ、赤の王は蘇るものだからだ。……おそらく、緋色の流れ星を見た時に、予は誰かと共鳴し、つながってしまったのだろう。奇跡としか言いようのない偶然だ。そして、予の力だけが、そちらに流れていってしまった」

「そして、このシャンという少年に宿ったと？」

「そうだ。だが、その子は真実を知り、予の存在を知った。……命が消えかけた時、この子は予を呼び出した。そして、力を返してくれたのだ。だから予は目覚めることができた。……予の身の全て、あらゆる力も心も全て赤の眷属のものだ。だが、この一時は、この子の恩に報いるために使おう」

そう言って、赤の王はシャンの体を抱きしめているマハーンに向き直った。

「少年よ。この子は死を恐れなかった。予に、命を助けてほしいとは願わなかった。願ったのはただ一つ、そなたを救いたいということだけだ」

「シャ、シャンが……？」

「そうだ。その想いに対して、そなたはどう報いる？　どうしたら自分が救われると思う？　望みを言うがよい。それがどのようなものであれ、赤の王アバルジャンは己の名にかけて、それを叶えてみせよう」

望みを言えと、赤の王は繰り返した。その目は危険なほどきらめき始めていた。

怖じ気づくマハーンに、すかさずカーンがささやいた。

「ナルマーンを望みなさい、我が君。それも、かつて栄華を極めた頃のナルマーンを。あなたの望みを叶えてもらうのです！」

「……嫌だ」

「何を嫌だと言うのですか！　またとない機会だというのに！」

「ぼくが望むのは王位なんかじゃない！　シャンだ！　シャンを生き返らせてください、赤の王よ！」

「何を馬鹿なことを！」

目から火花を散らし、カーンはマハーンの頬をひっぱたいた。

「目を覚ましなさい、イシュトナール様！　あなたはもはやマハーンではない！　多くの民をまとめ、率いる指導者なのです！　なんのために、私達があなたを持ちあげ、育て、ここまで連れて来たと思っているのです？　我々の期待を裏切るというのですか？　たかだか、そ、そんな小僧のために！」

今やカーンの声には感情が剝き出しになっていた。そこには嫉妬もまじっていた。

「私があなたなら、迷いなくナルマーンの復活を望みます。イシュトナール王家が聖なる玉座に就き、夜が訪れてもなお輝きに満ち、まんまんと水をたたえていた頃の奇跡の都！　銀の王宮ウジャン・マハルは三日月の女神のごとく美しく、極楽とはかくやと謳われていた。それらをふたたび手に入れ、民に幸せな暮らしを約束する。それこそが王たるものの務めであるはず！　違いますか！」

「ぼくは……もう王になれなくてもいいんだ」

「……今度そんなことを言ったら、殺しますよ」

カーンは本当に、今にもマハーンの首を絞めんばかりの形相だった。

だが、ここで赤の王がおもしろそうに口を開いた。

「なぜそんなにもこの少年をけしかける？　王になれと言い聞かせる？」

突然言葉をかけられ、カーンは一瞬言葉につまった。だが、すぐによどみなく答えた。

「それがこの方の定めだからだ。その身には始祖王イシュトナール大王の血が脈々と流れている。特別な血を受け継いだ者は、それにふさわしき務めを果たすべきだ」

「おかしなことを言う」

ますます赤の王はおもしろがる様子を見せた。だが、その目にははっきりと軽蔑が浮かんでいた。

「人間の血に特別も凡庸もない。血は血にすぎない。ただ自身の努力と魂が、その人を特別にするのだ。それに……予が見るところ、この少年にそんな縛りはない。〝特別な血〟とやらを持つのは、そなた自身であろうに」

カーンの黒い肌から、一気に血の気が引いていった。あまりにも青ざめたため、その顔は灰をまぶしたような色と化した。

わなわなと震えるカーンを、マハーンは呆然と見た。

「カーンが……失われた血脈の王子？」

それでは自分は？　誰なのだ？

だが、すがるように見つめるマハーンを、カーンは一顧だにしなかった。やがて、開き直ったようにうなずいた。

「魔王の前で見苦しい言い逃れはするまい。なるほど、確かに私はナルマーン王家の者だ。十八年前、ダーイラムのマディンという男が私を見出した。……だが、彼はもっと早くに、王家の血筋を見つけるべきだった。私の祖父が、黒い肌のイグロ女を娶る前に。そうすれば、こんな黒い肌を持つ王子が生まれることはなかっただろう！」

自分の美しい肌を憎むかのように、カーンはぎりぎりと顔に指先を食いこませた。

「ナルマーン人らしからぬ容姿の私のもとには、血族意識の強いナルマーン人達は集まらず、その信用を勝ちとることも難しいだろう。そう考えたマディンは、私の存在を隠すことにした。自分の息子と一緒に育て、ダーイラムに招き入れ、時期と機会を待つことを教えた。私は辛抱強くダーイラムの中での地位をかためていき、その一方で乳兄弟に人捜しを頼んだ」

望んだのは、男の子だ。ナルマーン人、それも始祖王イシュトナールにできるだけ似ている少年。その子を傀儡にして人を集め、サルジーンを倒し、ナルマーンを復活させる。

その計画を、カーンはずっと胸の中で温め続けた。

そして、ついに乳兄弟ラディンは最高の子供を連れて来た。まさにイシュトナールの生まれ変わりとしか言いようのない容姿を持つマハーンを。

そこまで話したあと、カーンはようやくマハーンを見た。その目は嫉妬でぎらついていた。

「マハーン。君が来た時、私がどれほど喜んだか、そしてどれほど君を憎んだか、わかるまい。私がほしくてほしくてたまらないものを、ナルマーン王家と縁もゆかりもない君が持っていることが、本当に妬ましかった」

「……縁もゆかりもない」

「そうだ。君にはナルマーン王家の血など一滴たりとも流れてはいない。君は、口のうまい隊商の用心棒の落とし胤、素性卑しき小僧にすぎないのだよ。ああ。この言葉をずっと言ってやりたかった。今初めて、胸のつかえがおりた気がする」

「…………」

「それとも一つ、君の生まれ故郷のことだ。バヤル、とかいったか。あれを焼き払ったのは、サルジーンではない。君の素性が決して漏れないよう、ラディンが盗賊達に依頼したのだ。ふふ。君の母親は君の名を叫びながら、燃えていったというよ」

次から次へと、カーンの口からは悪意に満ちた言葉があふれてくる。そのあまりにも激しい妬みと憎悪に、マハーンは対抗するすべを持たなかった。ただただ蒼白な顔をして、腕の中のシャンをいっそう抱きしめるしかなかった。

さらにマハーンをなぶろうとする様子を見せるカーンを、赤の王が遮った。

「その子に構うな。それより話の続きを聞きたい。首尾よく王位と都を取り戻したあとは、どうするつもりだったのだ？　望みが叶ったとしても、王となるのは、その少年のほうであるはず。そなたはそれに耐えるつもりはなかったのではないか？」

「もちろん、耐えるつもりなどなかった。そのために、私は何年も前から、魔法使いを陣営に引き入れていた。性根の腐った男だったが、その狂気と探究心は賞賛に値した。……彼には、人の顔を奪い、別の人間に移す術を研究してもらっていた」

「その子の顔を、いずれ奪うつもりだったと？」

「そうだ。そして、私が、正当な王の世継ぎたる私が、イシュトナール二世として、玉座に就く」

突然、カーンは激した獅子のように咆哮した。

「本来、私には傀儡など必要なかった！　この顔、この黒い肌さえなければ！　少しでもナルマーン人らしさがありさえすれば、自分の力で王位を我が物にしていた！　私にはそれができたはずだ！　王の血を持つ私になら！」

「なんとも愚かな言葉だ」

赤の王は静かに言った。

「先ほども言ったが、血はただの血にすぎない。王の血も奴隷の血も、全て同じだ。……だが、その執念はなかなか興味深い。確かに、そなたは望みを叶えていたかもしれないな。……それほどまでに、己の顔を厭うか？　憎いか？」

「ああ、憎い！」

「では、赤の王がそなたに贈り物をくれてやろう。その心の醜さは憐れみに値するゆえ」

「何？」

危険を感じたのか、カーンはすばやく身を翻そうとした。だが、それより早く、赤の王の手から火花が飛び立った。火花は蛇のように長く伸び、カーンの顔に巻きついた。

「ぎゃあああああっ！」

カーンは顔をかきむしり、火を打ち消そうとした。だが、火は消えるどころか、その手に、腕に燃え移っていく。肉と髪の燃える臭いが立ちこめた。

「カーン様！」

真の主の叫び声を聞きつけたのか、ラディンがこちらに走ってきた。

その時には、カーンの顔も手足も、ぐずぐずに焼け焦げていた。ひゅうひゅうと、かろうじて息をしている男に、マハーンは憎しみも恨めしさも忘れ、ただただ憐れみを覚えた。

そんなマハーンの肩に、赤の王が手を置いた。

「今一度尋ねる、少年よ。そなたが望むのはなんだ？」

マハーンは、カーンを見た。息も絶え絶えの様子のカーンに、ラディンが必死で呼びかけている。だが、二人の姿はとてつもなく遠いものに感じられた。

もう、ここにいる必要はない。

そう悟ったマハーンは赤の王を見返し、しっかりと望みを述べた。

赤の王は美しい微笑(ほほえ)みを浮かべ、その願いを叶えるために手を高くかかげた。

# エピローグ

まことに唐突な終わりであった。

多くの歴史書、古文書が、サルジバットでの戦(いくさ)のことをこう記す。

最初の混乱は、サルジーン王の危篤を知った王兵達が暴動を起こしたことから始まる。だが、彼らは短慮だった。この噂を聞きつけ、赤いサソリ団がイナゴの大群のように来襲したのだ。

赤いサソリ団は王兵達のほとんどを片づけ、都と王宮を平定したかに思われた。

だが、そこへ、かつてのナルマーン復活を誓う秘密騎士団ダーイラムがなだれこんできたのである。

一つの肉を取り合う虎と獅子(しし)のように、赤いサソリ団とダーイラムは戦った。あとから赤いサソリ団の援軍もやってきたため、戦いは激しさを増すかに思われた。

その時、突然声が聞こえてきたという。

「聞け！　サルジーンは討ち取られた。もはやいかなる戦も争いも必要ない。サルジーンを討ち取ったのは、イシュトナール二世。ナルマーンの王家の正当なる世継ぎなり」

その不思議な声は、サルジバットの都はおろか、砂漠中に響き渡った。

そして、戦は終わった。サルジーンが死んだ以上、いかなる争いも無意味だと、赤いサソリ団は速やかに退いたのである。

サルジーンに侵略された国や都は自由となり、各々、復興に尽くすこととなった。

その中にはむろん、ナルマーンもあった。

サルジーンが廃した都に、イシュトナール二世は民を率いて戻り、その玉座に就いた。公平な政をし、都の再興と民の幸せに尽力した結果、見事、ナルマーンを復活させるに至った。

その手腕と聡明さゆえに、人々は彼を「復活王」と称え、愛した。

だが、絶大な人気を誇ったにも関わらず、イシュトナール二世を描いた肖像画や石像はいっさいない。

サルジーンとの決闘で大火傷(やけど)を負ったため、イシュトナール二世は、人前に出る時は常に黄金の仮面をかぶり、手足を布で覆い、醜い火傷を見せないようにしたからだ。それは生涯にわたって続き、友であり大将軍の座についた乳兄弟ラディンにしか、その素顔を見せることはなかったという。

そして、どの書物にも記されていない真実が一つある。サルジーン王が討ち取られた日、赤いサソリ団に新たな仲間が二人加わったことだ。

二人ともまだ子供であった。一人は背が高く、生粋(きっすい)のナルマーン人らしき容貌だった。もう一人はさらに年下で、もしゃもしゃとした髪も目も、黒檀(こくたん)のように黒い子であったという。

赤の王

2020年2月14日　初版
2023年4月7日　3版

ひろしまれいこ
著　者　廣嶋玲子

発行者　渋谷健太郎

発行所　株式会社東京創元社
〒162-0814 東京都新宿区新小川町1-5
電話　(03)3268-8231
http://www.tsogen.co.jp

装　画：橋賢亀
装　幀：内海由
印　刷：フォレスト
製本所：加藤製本

乱丁・落丁本は、ご面倒ですが小社までご送付ください。
送料小社負担にてお取り替えいたします。


ISBN978-4-488-02805-3 C0093

魔族に守られた都、
囚われの美少女

The King Of Blue Genies

# 青の王

Reiko Hiroshima

廣嶋玲子

四六判仮フランス装

孤児の少年が出会ったのは、
不思議な塔に閉じ込められたひとりの少女。
だが、塔を脱出したふたりは追われる運命に……。
〈妖怪の子預かります〉で人気の著者の
傑作異世界ファンタジー。

心温まるお江戸妖怪ファンタジー・第1シーズン

# 〈妖怪の子預かります〉

廣嶋玲子

＊

ふとしたはずみで妖怪の子を預かる羽目になった少年。
妖怪たちに振り回される毎日だが……

1. 妖怪の子預かります
2. うそつきの娘
3. 妖たちの四季
4. 半妖の子
5. 妖怪姫、婿をとる
6. 猫の姫、狩りをする
7. 妖怪奉行所の多忙な毎日
8. 弥助、命を狙われる
9. 妖たちの祝いの品は
10. 千弥の秋、弥助の冬

装画：Minoru

創元推理文庫

**変わり者の皇女の闘いと成長の物語**

ARTHUR AND THE EVIL KING◆Koto Suzumori

# 皇女アルスルと角の王

**鈴森 琴**

◆

才能もなく人づきあいも苦手な皇帝の末娘アルスルは、いつも皆にがっかりされていた。ある日舞踏会に出席していたアルスルの目前で父が暗殺され、彼女は皇帝殺しの容疑で捕まってしまう。帝都の裁判で死刑を宣告され一族の所領に護送された彼女は美しき人外の城主リサシーブと出会う。『忘却城』で第３回創元ファンタジイ新人賞の佳作に選出された著者が、優れた能力をもつ獣、人外が跋扈する世界を舞台に、変わり者の少女の成長を描く珠玉のファンタジイ。

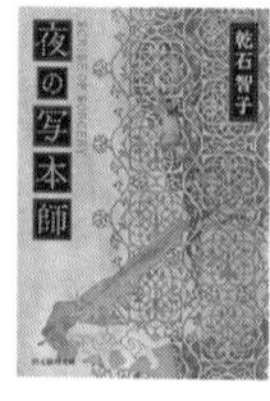
乾石智子
夜の写本師

紐結びの魔道師
乾石智子

乾石智子
神々の宴
オーリエラントの魔道師たち